脳科学捜査官　真田夏希

イミテーション・ホワイト

鳴神響一

目次

第一章　夏希の休日

【1】＠二〇一八年一月十三日（土）朝

ウルトラマリンに澄みきった冬空が、真田夏希の目の前にひろがっている。

ウルトラマリンという絵の具は、かつて金よりも貴重だったラピスラズリから作られる。たくさんの芸術家を貧乏に突き落とし、その家族を泣かせてきた。

（罪深い美しさか……）

潮の香りを含んだ強い西風にチェスターコートの裾があおられた。

コバルトブルーに染まる駿河湾の向こうに富士の凍りついた雪が薄青く輝き、西の方角へ長く裾野を引いている。

まさに絶景である。

この雄姿だけでも感嘆の声を上げたいところだった。

だが、夏希が本当に驚いたのは、富士の西に延々と続く白銀の山並みであった。

「え……あれって」

夏希は目を瞬(しばた)いて光る山並みに見入った。

「そうですよ。南アルプスです」

かたわらに立っている結城秀樹(ゆうきひでき)は、ラウンドシェイプのサングラスを外すと、目を細めて銀嶺(ぎんれい)を見た。

「へぇー、伊豆(いず)から南アルプスって見えるんですね」

素直な驚きの声が出た。

「冬場だけですね。夏は霞(かす)んじゃって、アルプス？　何の話だろって感じです」

結城は得意げな声を出すと、夏希に温かい缶コーヒーを渡してくれた。そういえばクルマのコンソールに缶ウォーマーが備えてあった。

「はい、石川(いしかわ)さんもどうぞ」

結城は隣に立つ石川希美(まれみ)にも缶コーヒーを渡した。

「ありがとう。やっぱり伊豆は冬だよね。景色はきれいで食べ物が美味(おい)しい。ね、大友(おおとも)さん」

希美もはしゃいだ声を出した。

「その割には、冬の伊豆は人気がないみたいですね」

もう一人の同行者である大友義行は丸顔に人のよさそうな笑みを浮かべた。

一月の第二土曜の昼前、夏希たちは西伊豆スカイラインの終点からさらに南に下った仁科峠の展望台に立っていた。

中伊豆の湯ヶ島から細い山道を辿ってここへ来る道すがら、ハンドルを握る結城から「伊豆の脊梁山地を通る二本のスカイラインは、東も西もどちらも眺めがよい」と聞かされてきたが、その言葉に偽りはなかった。

十八歳で東京に出てきてから十四年、夏希は何度か伊豆には来ている。だが、西伊豆は堂ヶ島周辺しか知らなかったし、こんな山の上に来るのはもちろん初めてである。

今日は希美に誘われて、結城と大友の二人の男子と合コンドライブに来ていた。

希美は函館の高校時代の同級生だった。その頃も仲がよかったが、住まいが近いこともあって就職してからもつきあいが続いている。当然ながら、夏希と同じ三十二歳であった。

希美は横浜市の道路局に勤めている。函館の大学を出てから地元の小学校で教員として一年間勤めたが、仕事が合わずに横浜市の採用試験を受けてこちらへ出てきた。

彼女が役所でどんな仕事をしているのか詳しくは知らないが、昨春から係長の職に就いている。

二人の男子、結城と大友は会社の同僚という間柄で、夏希たちより三つ歳上だった。

大友の直属の上司が、希美の従兄弟という関係で紹介を受けたらしい。

二人は港区に本社のある計測機器メーカーにつとめている。タクシーの料金メーターでは三割近いシェアを持つ優良企業ということだった。

希美は独身で夏希と同じく婚活中だった。

一回デートした大友から伊豆へのドライブに誘われ、希美が友達も誘いたいと答えた。それで、夏希と結城とが引っ張り出され、今朝の早い時間にJR戸塚駅まで迎えに来てもらったというわけだった。

「ふつうの結婚」を求める夏希の婚活は、挫折続きにもかかわらず続いていた。

数年前から、自分の脳内のオキシトシンが分泌不足となっていることを、夏希は痛感していた。

幸せホルモンと俗称されるオキシトシン。

この神経伝達物質が減少すると、人間は不安感や抑うつ感を覚えやすくなる。情緒が不安定となり、イライラした状態に陥りやすくなる。ひいては健康にさまざまなマイナスを及ぼす。

オキシトシンが、恋人同士のスキンシップや、心地のよい性行為では顕著に分泌されることは科学的に実証されている。

オキシトシンを安定して分泌させるためのもっとも効果的な手段は結婚である。そう考えて、夏希は自分に合うたった一人の男を探していた。

いくつかの失敗経験から、最近はあまり構えずに気楽に男性と会おうと考えている。

神奈川県警の心理捜査官となって九ヶ月半、いろいろな人間と出会った。

かつて精神科の臨床医として病院勤めをしていた頃は、知り合う人は患者ばかりであった。

患者からは頼られる固定された立場だったが、警察で知り合った人々との関係はさまざまだった。夏希自身は少しは自分の人間としての幅も広がったと考えている。

希美から今日のドライブに誘われたときにも、二人の男子のことをあまり考えずにオーケーした。とりあえず、大友たちと時間をともに過ごすなかで、魅力のあるところがみつかるかもしれない。

「さ、下へ降りましょうか」

夏希が缶コーヒーを飲み干すと、結城は空き缶を入れるポリ袋を差し出しながら言った。

細い輪郭に高めの鼻筋が通って、両の瞳(ひとみ)も力強い。なかなかのイケメンだと夏希は思った。目が合うと、ちょっとはにかむように笑う。そのさりげない笑顔に夏希は好感を持った。

クマザサに囲まれた駐車場への砂利道を下りてゆくときに希美が耳元でささやいた。

「二人ともジェントルだよね」

「うん……なかなかいい感じだね」

二人ともファッションセンスも悪くない。適度な自己主張で嫌味なところがなく、それぞれに似合っていて好感を持てた。アウターを例にとれば、大友はフォレストグリーンのマウンテンパーカー、結城はネイビーのマリンコートを羽織っていた。

ここまでのドライブの時間で観察すると、大友という男は少しおとなしすぎる気がした。

夏希のほうから話を振らなければ、自分からはあまり喋(しゃべ)らない。

合コンで寡黙な男が不利であることはいうまでもない。顔立ちは悪くないのに、大友が一人でいるのもこんなところに原因があるのだろう。

二、三台しか停まっていない駐車場に、オレンジメタリックに輝くルノーのコンパクトなSUVが待っていた。

弾む気持ちでクルマに近づくと、結城がわざわざドアを開けてくれた。

オーナーの結城が運転席に座り、希美が助手席に座った。

結城のすすめで夏希は後部の左側に座って、大友が隣に座ることになった。

アップテンポのかるい女性ヴォーカルをBGMに、伊豆高原までの快適なドライブとなった。

ほかのクルマも少ないし、結城の運転はしっかりと落ち着いていた。

なんと言っても左手の車窓に、ずっと駿河湾越しの富士と南アルプスの秀麗が望めるのが嬉しい。

（結城さん、この席からの眺めまで計算していたのか）

反対方向に走れば、対向車線が邪魔になる。女子二人を左側に座らせたのも景色を眺めさせたかったからだろう。憎いばかりの心遣いである。

「大友さんは休みの日は何してるんですか」

「そうですね。映画とか……僕もクルマは持っているんでドライブとか」

「映画はどんなジャンルがお好きなんですか」

「いや……ジャンルとかあんまりなくて……」

大友は口ごもった。

「じゃ、最近観た映画でこんなキャラは嫌いだなんていうのはありませんか」

「え……好きなキャラじゃなくてですか？」

大友は戸惑いながら訊いた。

映画やドラマなどで主人公キャラは、万人受けするように造形されていることが多い。だが、憎まれ役やかたき役はそうではない。

嫌いなキャラを選ばせたほうが、その人物の性格を浮き彫りにする傾向があると言える。

（いけない、いけない）

相手の本質に迫りたくて、余計な質問を重ねてしまうのは、かつて臨床医のときに身につけた癖だ。いわば職業病だろう。

今回は最初、希美と二人の伊豆温泉旅行の予定だった。今日の合コンドライブは、十二月から計画していた希美とのお泊まりの計画の後に追加されたものだった。

そこで男子二人は、夏希たちを宿近くの伊豆高原の駅まで送り届けたら、東京へ戻ることになっていた。

今回のメインイベントは、女子二人でいい景色を見て、温泉に入って、美味しいものを食べて、日頃の仕事の憂さを晴らそうという計画だった。

伊勢海老祭りは秋で終わっているが、実は冬の間に獲れる伊勢海老は美味しい。今日の一番のお目当ては夕ご飯の伊勢海老づくしだった。我ながら食い意地が張っているとは思う。

北海道はボタン海老など、海老類全体の漁獲量では日本一である。ところが、伊勢海老は獲れない。千葉県、三重県、静岡県などが主な産地である。夏希はこちらに出てきて、伊勢海老の美味しさに出逢った。

伊勢海老目当てならば、下田市や南伊豆町に宿を取ればよいのだが、景色も温泉も欲張りたい。何よりも素敵な宿での一夜を存分に楽しみたいというのが、夏希と希美の一致した希望であった。

そこですべての要素を満たしてくれる伊豆高原の宿を選んだというわけだった。

あまり出かけられないこともあるが、二人とも楽しみに強欲なのかもしれない。業が深いとも言える。

でも、夏希は神奈川県警察の科学捜査研究所に所属する警察官として、希美は市役所の係長として社会的に大いに活躍しているのだ。余暇にこれくらいの欲望を抱いても罰は当たるまい。

戸田峠から山道を修善寺まで下ったところで、夏希の提案で四人は座る席を交換した。

喋らぬ大友に声を掛け続けるのは意外と疲れる時間だったからだ。

打って変わって、結城はよく喋る。というか質問攻めにしてくる。

「真田さんは、どこにお住まいなんですか」

「あ、横浜の田舎です」

「へぇ、どんなお仕事なんでしたっけ」

「神奈川県の……心理職です」

ギリギリ嘘ではない。

「休みの日は何してるんですか」

「えっと、映画観たりとか、ライブに行ったりとか……」

答え続けるのも疲れるので、質問側に廻った。

「で、結城さんのおうちはどこなの？」

「逗子です。海まですぐのところに中古マンション買いました。バブルの頃に建てられたボロマンションですが、結構いい造りでしてね」

「いいですね。海が近くて」

「サーフィンのために都心から引っ越したんですよ。なので休みの日はたいてい海に入ります」

「海に近い町の暮らしってやっぱり素敵ですよね」

夏希の実家も海がすぐ近くにある。

「海に行くとおっさんばっかりなんですけどね。僕は高校生の時にサーフィンにハマりまして……」

「どこの海ですか」

「石狩浜がすぐ近くだったんですよ」

広々とした砂浜が続く石狩川河口周辺を夏希は思い出した。

「結城さん、北海道出身でしたか。あのあたりは海水浴場もいくつかありますよね」

「ちっちゃい海水浴場ばかりですけどね。そうか、お二人とも函館でしたね」

そんな話は大友から伝わっているのだろう。

「そうそう。わたしたちパコダテ人」

後部座席から希美の声が聞こえた。宮崎あおい主演の二〇〇二年のコメディ映画のタイトルである。多くの市民が参加協力し、高校生だった夏希と希美もロケを見に行った。

地元では話題をさらったが、全国的にはそれほどの評判にはならなかった。同じ北海道人でも結城は知らないようだった。

「平日は暗いうちから海べを走ってるんですよ」

「身体鍛えてるんですね」

「このくらいの歳になると、不摂生してるとどんどん身体がなまって老化してきちゃいますからね」

質問者側に廻っても、やはり疲れる。

「真田さんはなにかスポーツやってますか」

「いえ、とくには」

「マリンスポーツに興味ありますか」

「ないわけでもないのですが……」

八月の事件以来、クルーザーにはちょっとトラウマがあるが……。

「じゃ、今度海に行きませんか」

「はぁ……そうですね」

質問者の地位はあっさり奪われた。

狭い山道を走り抜け、伊東市で東海岸沿いの国道一三五号線に出た。

ちょうどいい時間帯になったのでランチをとることにした。

夏希も一度だけ入ったことのある海沿いのホテルのレストランを結城は選んだ。

ここのレストランの眺めは大変に素晴らしい。

グラスエリアが広く取ってあって、相模湾が一望できる。

日がさんさんと差し込み、まるでサンルームのような室内で夏希たちはすっかりくつろいでいた。

それぞれにメインディッシュを選んで、ランチのミニコースを注文した。

ゆったりとした気分のなかで、夏希たちは趣味などの話を続けた。

二十分ほど経った頃だろうか。

「ちょっといいかな？」

結城が出したいきなりの尖った声に、ウェイトレスと呼ぶにふさわしい古典的なユニフォームの女性が夏希たちの席まで歩み寄ってきた。

「あのさぁ、こっちが先に注文してんだけど」

料理がサーブされている二つ離れたテーブルを結城は指さした。

結城のあまりにも不機嫌な発声に、夏希は驚いた。

「申し訳ありません。すぐにお持ちしますので」

女性従業員はぺこぺこと頭を下げたが、結城は許さない。

「しらけちゃうんだよ。あんまり待たされると。順番飛ばすのなんて論外だろ」

「もう少々お待ちください」

女性は恐縮しきったようすで去った。

「お待たせしちゃってすみませんねぇ」

結城は夏希たちには愛想よく笑ってみせた。

夏希と希美へのサービス精神から、結城がこのような態度を取ったことは理解できる。

だが、高校生のアルバイトみたいな女の子に、いい大人が居丈高な態度を見せるのは、側で見ていても不愉快だし一緒にいることが恥ずかしくなる。

心理学を持ち出すほどのことではないのだが、店の従業員などにつらく当たる男は避けるべきという法則は存在する。

そのときの態度は、結婚してからそのまま自分への態度となることが多いからである。

もっともこうした店の女性に、あまりになれなれしくベタベタする男は、結婚してからもほかの女の子に色目を使う恐れはあるのだが。

おかげでペポーゾという牛スネ肉のシチューの味もいまひとつぱっとしないように

感じられた。

結城たちは伊豆高原駅近くの和風宿の駐車場まで送ってくれた。

希美は結城とＬＩＮＥや電話番号の交換をしている。

「あの、真田さんも連絡先を」

結城に求められたが、夏希は気が進まなかった。

「あ、希美に連絡してくれればいいですから」

「そうですか……では、また、ぜひお目に掛かりましょう」

結城は残念そうな顔で言うと、運転席の窓を閉めた。

礼儀とも思ったので、夏希たちはオレンジメタリックのボディが道を曲がって消えて行くまで見送った。

二人でくるりと踵を返す。

「さ、強欲な時間の始まりです」

「希美ほどではありませんが、業が深いです」

ボストンバッグをかるく振りながら、二人はこけら葺きの小さな冠木門をくぐった。

鶯色の大のれんもゆかしい数寄屋風の洒落た建物に、夏希たちは弾む気持ちで入っていった。

遠くに暮れなずむ海を望む部屋で頂いた夕食は、期待に少しも背かなかった。

刺身はもちろん、殻のついたまま輪切りにして煮る具足煮、二つに切って炭火で焼く鬼殻焼き、陶板焼き、天ぷら、味噌汁と一人に二尾ずつの大ぶりな伊勢海老が使ってある。

「うーん、この甘さ。何ともいえないよね」

夏希はまず刺身に舌鼓を打った。

「そうそう。それにこの歯触り。最高！」

希美もご満悦である。

「あたしさぁ、伊勢海老ってやっぱり刺身が一番だと思うんだ」

以前から夏希はそう考えている。

「鬼殻焼きとかも美味しいじゃない。天ぷらも」

「そうだけど、刺身は新鮮じゃないと食べられないでしょ」

罪のない会話が続くなか、テーブルの上の料理は次々に二人の女子のお腹の中に収まってゆくのであった。

珍しく冷酒を口にして、夏希もほろ酔い気分になってきた。

「ねぇねぇ、今日の二人どう思った？」

猪口を唇から離した希美がわりあいと真面目な顔で訊いてきた。

「希美はどっちがお気に入りなのかな」

「うーん、大友さんっておとなしすぎるのよねぇ。この前の食事に行った時も自分からはほとんど喋らないし……」

「いい人なんだけどね。男としての魅力には欠けるかなぁ」

「合コンなんかでは圧倒的に不利なタイプだとは思う」

「結城さんはどうよ」

「いい感じなんだけどね。いろいろ気を遣ってくれるし。でも、気を遣い過ぎっていうか……」

さすがに希美もダテに三十二年間を生きてきていない。

「あたしはさぁ、ダメだな。ああいう男は」

「これはきっぱりだね」

「だってさ、ランチの時に店の人にあんだけ上から目線でものいう男は無理だな」

「そこまでおっしゃる」

「気があるなら希美、アタックすればいいじゃん」

「いや、さっきも言ったけど、イマイチな感は拭えないなぁ」

などと、あの二人が聞いたら激怒しそうな会話が続いていた。

食後は一休みしてから、露天風呂に入りに行った。

遠くに漁火を眺めながら、やわらかい湯を楽しむ時間、ここまでやってきた喜びを二人は痛感していた。

湯上がりにお肌の手入れを済ませると、二人ともすぐに布団に潜り込んだ。

まだ九時頃ではなかろうか。

日頃は疲れ果てて家路を辿っているような時間帯であった。

糊のきいた枕カバーやシーツ、ふんわりほかほかの布団。やっぱり宿はいいものである。

布団に入ってからは、灯りを暗くして、飽きずに話し続けた。とくに希美の過去の男談義がたまらなくおもしろかった。それなりの苦労はしていたと知って驚いた。

窓の外に潮騒の音を心地よく聞きながら、伊豆の夜は更けていった。

【2】@二〇一八年一月十四日（日）朝

振動が響いている。

夏希は闇の中で瞳を開いた。

明滅するLEDを頼りに、枕元へ手を伸ばす。

鳴動し続けるスマホを嫌な予感とともに手に取った。

ディスプレイに直属の上司である心理科長の中村一政警部の名前が浮かび上がった。

スマホを手にして、夏希はあわてて跳ね起きた。

隣では希美が安らかな寝息を立てている。

ふすまを開けると、夏希は忍び足で次の間に出て、希美に遠慮しながら、灯りを点けた。

「ふぁい……もしもし」

電話をとったが、まだしっかりした声が出ない。

「真田か……いま、どこにいるんだ」

耳元で聞こえたのは、科長のいつもながらの不機嫌で無愛想な声だった。

「あ……伊豆高原です」

「県外に出ているわけだろう」

中村科長の声はますます不機嫌になった。

しかし、夏希は休暇を取っているわけではない。

今日は日曜日なのだ。公休日にどこにいようと勝手だろう。

警察官は当番と非番を繰り返し、二十四時間を三交代制か四交代制で勤務する者がほとんどである。が、夏希の部署はふつうのサラリーマンと同じ日勤制の勤務体制である。

「はい、でも科長の机の上に伊豆に行く旨、メモを書いておきました」

金曜日の退勤時に席を外していた中村科長の机上にメモを残した。これでも気を遣ったつもりである。

「それは見たが、私事旅行届が出ていないぞ」

「え……そんなのあるんですか」

初耳だった。

「神奈川県警察職員の職務倫理及び服務に関する規程の第三十条に基づいて私事旅行届簿が心理科にも備えてある。県外で宿泊する際は行き先の住所・電話番号等を記入することに決まっている」

「知りませんでした。連絡がつくところにいればかまわないと思っていました」

「初任科で習わなかったか」

「いいえ、私事旅行届についての研修はありませんでした」

採用された警察官は半年から十ヶ月は警察学校に入校して、初任科の教育・訓練を受ける。だが、夏希のような専門知識によって採用された特別捜査官には初任科訓練はない。

それでも、四月の一ヶ月は警察学校に通わされた。諸法規や警察官倫理を中心とした座学がもっぱらだったが、私事旅行届については聞いた覚えがなかった。

「あ、君は研修内容をはしょってるんだったな。今後は気をつけるように」

ようやく中村科長は許してくれた。

「すみません」

考えてみれば、科長も今日は公休日である。自宅にいるのかもしれないが、こんな朝早くから仕事をしていることには違いない。夏希が腹を立てるわけにはいかない。

「殺人事件が起きた。本牧署に特別捜査本部が設置される。黒田刑事部長から真田を捜査本部に参加させるようにとの下命だ。朝九時から捜査会議なのだが、間に合うか」

スマホをちょっと離してディスプレイを見ると、午前五時四十分を示している。

焦った。横浜に九時までに戻れるだろうか。

「ちょっと待って下さい。電車の時間を調べます……あ、いったん切りますね」

夏希はスマホにキャプチャーしてある県内各警察署のアクセス表を確認した。いつどこの警察署に駆けつけなければならないかわからないので、暇のあるときにすべて調べていた。

「えーと、本牧署ね……」

本牧警察署は石川町駅からタクシーに乗れば、十分以内に着く。

続けて乗り換え案内を調べる。

伊豆高原駅六時二十一分発の伊豆急行線伊東行きに乗ると四十一分には伊東駅に着く。伊東を四十三分に出発する始発の宇都宮行きに乗れば、横浜には八時三十四分、石川町には八時四十五分に着くことがわかった。

なんとか間に合う。伊豆高原駅までは歩いても十分程度だろうが、とりあえずタクシーを呼ぶことにしよう。

夏希は電話をかけ直した。

「科長、なんとか本牧署に九時前後に着けそうです」

「では、直行してくれ。また、SNSがらみだ。詳しくは捜査本部で聞くように」

科長はじゅうぶんな説明を加えずに、さっさと電話を切った。

朝懐石をあきらめるのがつらかったが、捜査会議に間に合いそうなのでとりあえずほっとする。

「仕事ぉ？」

部屋に戻ると、希美が布団の中から寝ぼけ声で聞いてきた。

「うん、これから横浜に戻らなきゃ」

希美は半身を起こして答えを返した。

「えー、大変。電気点けていいよ」

「悪いね……」

夏希は壁のスイッチをオンにした。

「うわ、まだ六時前じゃない」

飾り棚の置き時計に目をやった希美は小さく叫んだ。

「起こしちゃってごめんね」

「あたしは五分、目つぶってれば二度寝できるから平気。でも、今日も二人でめいっぱい遊ぼうと思ってたのにね」

今日は下田まで下って遊覧船に乗って、下田海中水族館でイルカのショーを見ようと計画していた。その後は、海の眺めが最高のホテルのレストランでランチを楽しんでから、特急「スーパービュー踊り子」号で横浜に戻る予定だった。

「ほんとにごめん」

夏希は手を合わせた。

「気の毒なのは夏希だよ。まぁ、あたしはテディベア・ミュージアムとか行って遊ぶから」

「計画、メチャクチャになっちゃったね」

夏希はしょげた声を出した。

「平気、一人で遊ぶのには慣れてるよ。へへへ」

照れたように笑う希美の顔に、夏希はちょっとグッときた。

「希美……ありがと」

「ダテに三十過ぎまで一人で生きてないって」

「だからお互いさ、婚活もダメなんじゃない」

夏希は、半分冗談、半分本気で答えた。

「たしかに……反論できんな」

希美はいたずらっぽく笑った。

手早く服を着て、サニタリーや床の間にバラバラに置いていた荷物をまとめた。

現在、五時五十分だ。

化粧は電車の中でするしかない。

希美はオシャレ浴衣(ゆかた)で、部屋の出口まで出てきた。

「それにしても警察官なんかになるもんじゃないね」

「まったくだよ」

「あたし、警察官とか消防士なんかは婚活の対象から外すことに決めた。夏希のおかげですごく勉強になったよ」

「埋め合わせはするね」

「ま、帰ったら、横浜でいちばんうまい飲茶(ヤムチャ)をおごってもらうから」

今日の時間を一人で過ごす羽目になったのに、嫌な顔ひとつ見せず、さらっと送り出してくれる……。

希美はやっぱりいい女だ。

こんな女性と生きていれば、パートナーはたくさんの幸せをもらえるのではないか。

いくぶん面長の顔にかたちのよい鼻、明るい瞳(ひとみ)にきりっとした口元。

函館育ちだけあって肌のきめも細かいし、化粧していなくとも希美はじゅうぶんに魅力的だ。

職業だって、安定した市役所職員なのに、なぜ、彼女は一人なのだろうと悩まざるを得ない。

世の中の男たちには、いい女を見抜く目がないのか。

自分のことはさておき、希美が一人でいる理由がわからない。

階下へ下りてゆくと、フロントには誰もいないので呼び鈴を鳴らした。

すぐにカウンターの向こうに、三十代半ばの若主人らしき男性が姿を現した。

「おはようございます」

若主人は、荷物を手にした帰り支度の夏希を見て、驚きの顔を浮かべた。

「朝早くすみません。『ゆすらうめ』の真田です。わたしの分だけお会計お願いしてもいいですか」

「お帰りですか」

「急な仕事が入ってしまって……あ、飲み物とかぜんぶ払います」

「そりゃあ、お気の毒ですね。少々、お待ちください」

若主人は手早く会計の計算をして、請求書を渡した。

夏希はクレジットカードで支払うと、若主人に頼んだ。

「タクシーを呼んで頂きたいんですが」

「お帰りは東京方面ですよね。伊豆高原駅六時二十一分の電車があります。駅までお送りしますよ。五分もかかりません」

手元の時刻表を眺めながら、若主人は愛想よく言った。

「あ、助かります」

「この時間帯だと途中からけっこう混みますんで、伊東からはグリーン車をお奨めします。今日はホリデー料金なので七百八十円です。ゆったり乗って行けますよ」

時計は六時ちょうどだった。

夏希ははやる心を抑えて、車寄せに停められたメルセデスの銀色ミニバンの後部座席に乗り込んだ。

「残念です。鴨の脂を練り込んだ朴葉味噌はすごく美味しいって聞いてましたので……」

ステアリングを握る背中に声を掛けると、若主人は嬉しそうな声で答えた。

「うちはご朝食にも力を入れておりますんで、召し上がって頂けず、わたしとしても残念です。お時間のございますときにまたお越し下さい」

「また伺って、今度は朝湯と朝懐石を堪能します」

「はい、ぜひお越し下さいませ。お待ちしております」

伊東からは宿の若主人のすすめに従って、グリーン車の二階席に座ることにした。

いささか眠かったが、万が一にも横浜で寝過ごすわけにはゆかない。夏希はスマホにカナル型のイヤホンをつなぐと、カナダで活躍するカーリー・レイ・ジェプセンの

「Warm Blood」を聴き始めた。

ケンブリッジ大学で音楽心理学を研究するデビッド・グリーンバーグ教授のお奨めする「朝の目覚めがよくなる音楽」リストのなかの一曲である。

グリーンバーグ教授によれば、脳を覚醒させ、人間を明るい気分に持っていってくれる音楽は、三つの条件を持っているそうである。

スタートがゆっくりで後半で盛り上がる曲は脳が覚醒しやすく、曲調も歌詞も明るいものが目覚めた脳をポジティブな気分に誘導してくれる。さらに一分間の拍数を示すBPMが100から130くらいのテンポの速い曲が望ましい。

いつもは起きたらすぐに、コーヒーサーバーのスイッチを入れるのだが、ホームで買った缶コーヒーしか飲めない。九時からは頭を働かせなければならないし、まぁ気休めと言ったところである。

実は夏希は、グリーンバーグ教授のリストにある曲のほとんどが好きではなかった。「Warm Blood」は好きな曲だった。でも、彼女の曲でも、ローラと共演したMVが話題となった「I Really Like You」のほうがずっと気に入っていた。

クリスマス頃にはワム！の「Last Christmas」をカーリーがカバーした曲をヘビロテしていた。

ところで、教授は、さらにおもしろい説を展開している。音楽の好みでその人間の脳の情報処理の仕組みがわかるというのだ。

教授の研究チームはフェイスブックのアプリを用いて四千人以上の参加者に人格判断テストを受けさせた。その後でいろいろなジャンルから選んだ五十種類の曲を聴かせて評価をしてもらった。

この研究によれば、感情移入しやすいタイプの「共感人間」はソフトでリリカルな音楽を好む。一方で論理的なものの考え方をする「体系人間」は激しい音楽を好む傾向があるそうだ。

ハードロックやパンクは苦手な夏希だが、自分は論理的にものを考えるほうだと思っている。その意味ではこの研究結果は夏希には当てはまらないとも言える。

一方でクライアントへの共感はカウンセリングの基本であるが、どっぷりと感情移入させられるような曲も好きではない。

漂うような音楽がいちばん性に合っている自分は、果たしてどんな脳のタイプなのだろうか。グリーンバーグ教授の研究チームには、さらに研究を進めてほしいと願っている。

グリーン車内はガラガラだったので、こっそり化粧をしても苦情を言われる気遣いはなかった。

電車は熱海を過ぎると、静岡県から神奈川県の湯河原町に入る。こんな遠いところまで、神奈川県警の管轄なのである。いざというときは駆けつけなければならない場合もあるかもしれないことに、夏希はあらためて驚いた。

根府川を過ぎると、車窓には濃く青い水平線が続いていた。函館の冬には見られない穏やかな表情をみせている。

伊東ではガラガラだった車内は、小田原あたりでは窓側の席は埋まっているくらいの乗車率となっていた。

曲が途切れたときに、反対側の山側の席に座る少女のようすがおかしいことに夏希は気づいた。

少女は胸を両手で抱えるようにしてシートの上で前傾姿勢を取っている。

はっはっと苦しそうな息づかいが聞こえる。

淡いペパーミントグリーンのニットの背中が速い速度で波打っている。

夏希は反射的に通路の反対側に近づいていった。

「どうしたの？」

声を掛けると、少女は青ざめた卵型の顔を上げて夏希を見た。

シンプルなボブの黒髪が揺れた。

「息ができなくて……」

少女は眉間にしわを寄せてかすれ声で答えた。

額には汗が玉となって噴き出している。

「胸はキリキリと痛い？」

「いえ……」

少女の短いあえぎ声が立て続けに苦しそうに響く。

「左胸が痛いかな？」

この年齢だ。狭心症ということはあるまいが。

「全体に締め付けられる感じです」

開いた瞳が恐れで震えた。

「心配しないで。わたし医師なの。ちょっと脈とらせて」

「はい……」

差し出された細い左手首に自分の人差し指と中指をあてて、腕時計を見ながら脈拍数を数える。

百三十近い。あきらかな頻脈だが、期外収縮つまり脈飛びなどの乱れは見られない。

「もしかすると手足もしびれてない？」

「両腕がしびれて……」

少女はかすれ声でなんとか答えた。

だが、胸部の激痛に襲われているようすは見られず、意識の混濁もない。

（まず間違いなく、過換気症候群だ）

俗にいう過呼吸。肺や心臓に器質的な異常がないのにもかかわらず、突然、息が苦しくなって、動悸（どうき）、頻脈、めまい、手足のしびれなどの症状を発症する。ひどいときには、全身のけいれんや意識障害に至ることすらある。

精神的なプレッシャーや極度のストレスなどが引き金となって、過剰な呼吸をしてしまい、血中の二酸化炭素濃度が減少して、血液がアルカリ性に偏ってしまうことが原因である。自分で呼吸がコントロールできないことでパニック状態を起こし、さらに症状が悪化する。

二十五歳以下の患者が約七割を占めており、女性が男性の約二倍という統計があるが、最近は中高年や男性の患者も増えている。

夜間の救急搬送の三割近いというデータもあるほどで、決して珍しい症例ではない。安静にしていれば、十五分から一時間ほどで正常な状態に戻る。だが、適当な処置を施さなければ、場合によっては狭心症などを引き起こすこともあり、決して甘く見てよい病気ではない。

夏希は臨床医の時に何度かこの症例に出逢っている。

カウンセリングを始めようとしたときに、発症してしまったクライアントさえいる。自分の秘密を精神科医に話さなければならないという不安や緊張が引き起こしたものであった。

以前は、紙袋などを使用して自分の吐いた息を再度吸い込むペーパーバッグ法（再呼吸法）が提唱され知られていた。だが、かえって低酸素症を引き起こすなどの弊害が指摘され、現在は推奨されていない。

いちばん先に対処しなければいけないことは「呼吸できない不安」「死んでしまうかもしれない恐れ」を消してやることである。症状が治まった後でも、患者の死への恐怖は数時間も続くこともある。

抗不安薬の投与が有効だが、当然ながら持ち合わせがない。

少女の速い呼吸は続いているが、けいれんなどの症状は見られない。

まずは言葉を掛けることが必要である。

「大丈夫だよ。これは心因性のものなの。すぐに治るから心配しないで」

「何の病気ですか」

少女は不安そうに眉(まゆ)を寄せた。

「過呼吸だから。しばらく安静にしていれば、ちゃんと治るよ」

「あ……そか」

少女の表情がいくらかやわらいだ。過換気症候群を知っているようである。

「さぁ、ゆっくり息を吐いてみようか」

夏希は少女の背中をゆっくり押しながら、やわらかい声で指示した。

「一回の呼吸でね。吐くときは十秒くらいかけてゆっくり吐くの」

少女はふーっと息を吐いた。

「うん、もうちょっとゆっくりね」

「はい」

少女は素直に、夏希の言葉に従って息を吐く。

症状は徐々におさまってきた。

白い頬にもうっすらと血の色が差してきた。

車内の乗客が心配そうに遠巻きに眺めている。

「すみません、ちょっと通して下さい」

グリーンアテンダントの夏希くらいの年齢の女性が小走りに近づいて来た。

紺色のジャケットとスカート、白いブラウスの首元をライラック色のスカーフで飾っている。引っ詰めた髪にきちんと化粧をして、旅客機のCAとよく似たスタイルである。

「そちらのお客さま、急病なんですね」

「はい。わたしは医師です」

「そうなんですか。お医者さまがいらして本当によかったです」

丁重にアテンダントは頭を下げた。

「いま電車は大磯を出たところです。次の停車駅は平塚ですが、救急車の要請をしたほうがよいですよね」

アテンダントのこの問いに、少女は小さく首を振った。

「このまま……電車に乗っています」

少女の瞳に必死の色があった。

「大丈夫？」

夏希は少女の瞳を覗き込むようにして訊いた。

「センター試験なんです……降りたら間に合わなくなります」

そうだったのか。

いまの彼女の顔色を見ていると、心因性の発作である可能性は限りなく高い。試験前の緊張が、強いプレッシャーとなって発作を引き起こしたストレス因子と考えられる。

だが、過度の予断は禁物である。

まれに、ぜんそく、自然気胸、肺塞栓症などの呼吸器系の病気の場合や、この年齢では考えにくいが、狭心症、心筋梗塞など心臓疾患が原因の恐れもある。

難しい判断を迫られた。

夏希の診断が正しければ、この少女はしばらくすれば平常に戻る。

しかし、過換気症候群でないとすれば、迅速に大きな病院で検査を受けるべきである。もし試験会場で心臓発作などを引き起こせば生命に関わる。

「あ、まだやめちゃ駄目だよ。お腹からゆっくり息を吸って」

「わかりました」

少女は音を立てて息を吸い込んだ。

「先生、大丈夫なんですか」

アテンダントは気遣わしげに尋ねた。

「どう、試験受けられそうかな？」

「はい。辻堂まで行かないと……」

夏希の問いに、少女は懸命に訴えた。

「救急車を要請するなら、もう連絡しなければ間に合いません」

眉間にしわを寄せて、アテンダントは答えを急いた。

夏希の答えは、少女の人生を左右することになる。

しかし、そういった事情を勘案すべきではない。医師の判断はあくまで病状によって為されるべきである。

「もう一回、脈とらせてね」

脈はまだ速いが、九十台に落ち着いている。

夏希は心を決めた。

「過換気症候群と診断できますので、しばらく安静にしていれば治ると考えています」

自信たっぷりに答えて見せた。

「では、駅への連絡はよろしいですね」

アテンダントは念を押した。

「はい、大丈夫です」

はっきりと答えるしかなかった。

「わかりました。辻堂駅が近づいたら、またお声をお掛けします」

アテンダントは頭を下げて通路を戻っていった。

電車が相模川を渡る頃には、少女の症状はずっと軽減してきた。呼吸もいくぶん速いものの落ち着き、顔にもだんだんと血の気が戻ってきた。

「両腕のしびれは残ってる？」

「いつの間にか消えてます」

少女は両腕をかるく伸ばしてみせた。

「いままでにもこういう症状が出たことあるかな」

「いいえ、息ができないなんて生まれて初めてだったんで、怖くなっちゃって」

「初めてだったんだ。怖くてあたりまえだよ。でもね。大丈夫。わたしの考えではあなたは運がいいから」

「あたしって運がいいんですか」

少女は目を見張った。

「そうだよ。だって、ちゃんと回復して試験に間に合うじゃない」

「ほんとだ。この電車に先生が乗っててくれたんだもんね」

少女は小さく笑った。

もう大丈夫だろう。発作はおさまったと考えてもよい。

大きな瞳に力が戻り、見違えるほどに血色がよくなっている。

いまさらながらに、かわいい容貌を持つ子だと気づいた。

「試験会場に着いたら、勉強しちゃだめだよ」

「化学式とか見直すくらい、だめですか？」

少女は戸惑いの表情を浮かべた。

「だめ。あなたはきっと、いままで精一杯、勉強したんでしょ？」

「ええ、自分ではできることはやったと思っています」

「音楽とか聴けるイヤホン持ってる？」

「ええ……勉強用に……」

「試験前には YouTube なんかで、好きな曲を選んで聴いてみて」

「音楽ですか」

「そう。好きな曲ってあるかな？」

「96猫とかDAOKOとか、西野カナあたり、あとはユリミファかな」

少女の声がいくぶん明るいものに変わった。

西野カナ以外は、夏希は名前も知らなかった。

「じゃ、その四つあたりから人間の鼓動に近いテンポの曲を選んでみて」

英国の研究グループによって、マンチェスター出身のアンビエントバンド、マルコニ・ユニオンが作曲した「Weightless（無重力）」という曲は、科学的にもっともリラックスできる曲として選ばれた。

YouTubeにアップされている八分バージョンのMVには世界中からアクセスがあり、再生回数はすでに四千万回を超える。なんと十時間の超ロングバージョンもあって、こちらも八百万回を超える再生回数を誇る。世界の人々がどれほどストレスフルに暮らしているのかと、精神医学的な観点からも興味深かった。

だが、自分の好きな曲、聴きなじんでいる曲から選ぶほうが効果が高いと夏希は考えていた。

「素敵なアドバイスありがとうございます。会場に着いたら好きな曲を聴いてリラックスしてみます」

「科学的保証つきのおまじないだよ。ぜったい効果あるって」

少女は声を立てて笑った。

「ありがとうございます。先生のお名前伺っていいですか」

「たいしたことしてないんだから、そんなこといいよ」

気を遣わせたくないし、本名は名乗りたくなかった。

「いえ、あたし、先生のおかげで試験受けられるんです。感謝してます」

「医者として当たり前のことしただけだよ」

「どちらの病院ですか」

「だからいいって」

「でも……」

「そんなことより、これから大事なことというから聞いて」

「はい」

少女の表情が引き締まった。

「もしまた、同じように息が苦しくなったら受験会場の……あ、どこかな」

「湘南(しょうなん)工科大学です」

辻堂にある大学なのだろう。

「試験中でも必ず、具合が悪いって試験官の先生にいうんだよ」

「わかりました」

少女は唇を引き締めてうなずいた。

「いいね。身体が一番大事なんだから」

「そうですよね」

「それから、もしまた症状が出たら、必ず大きな病院の呼吸器科か循環器科で診てもらってね」

再発するようなら、胸部X線写真や心電図などの検査を受けるべきである。

「あたし、先生に診てもらいたいです」

少女は澄んだ瞳で夏希を見た。

「え……いや、わたしはそっちのほうじゃないから」

「何科の先生なんですか」

答えに窮する。

診療科目は強いて言えば、犯罪科である。

「いいじゃない。そんなことは……」

夏希は引きつった笑顔でごまかした。

「先生、どこで降りる予定だったんですか」

菜月は不安そうに聞いた。

「横浜まで行くんだ。心配しないで」

夏希の答えに菜月はほっとした表情になった。

「ごめんなさい。いろいろ訊いちゃって……あたし本間菜月っていいます」

少女は、フックに掛かっていたコートのインナーをめくって、縫い付けてあったネームタグを見せた。

なんと彼女のファーストネームは、夏希と同じ読みのナツキではないか。

「へぇ、菜月ちゃんね。わたしは真田といいます」

「真田先生ですね。また、お会いしたいです」

アテンダントの女性が親切にも迎えに来てくれた。

菜月はメルトンのネイビーのダッフルコートを羽織り、オリーブ色の帆布でできた小ぶりのデイパックを背負った。

「ありがとうございました。先生は生命の恩人です」

「無理せず頑張って！」

「はい。無理せず頑張ります」

菜月は明るく笑って、両手を差し出した。

小さくやわらかな掌だった。

「そうだ。これ開運お守り。気分転換に食べて」

夏希は小さな紙箱を菜月に渡した。

創業一八五七年、イタリアのレオーネ社の「パスティグリ」というドロップだった。カラフルな色は天然着色料だし、甘みは白砂糖。ラムネとドロップの中間のような不思議な食感が気に入っていた。三十種類もの味があるが、いま菜月に渡したのはマンダリン味だった。

「え、嬉しい。ありがとうございます！」

「これ、美味しいんだよ。はい、この袋に入れて」

店の小さなポリ袋を渡した。

迎えに来たグリーンアテンダントの女性に付き添われるようにして、菜月は去って行く。

車両の端に辿り着くまでに二度立ち止まってこちらを向いて手を振った。

階段に消える菜月の背中を眺めながら、今日の試験で実力をじゅうぶんに発揮してくれることを願わずにはいられなかった。

第二章　本牧緑地

【1】@二〇一八年一月十四日（日）朝

石川町駅前から乗ったタクシーが目指す本牧警察署は、中区と磯子区の一部を管轄する小規模警察署である。

丘陵地にひろがる山手地区は戦前からの高級住宅地である。また、新本牧地区は一九八二年までアメリカ合衆国の接収地だったエリアで、現在は米軍住宅地区の跡地に新興住宅街がひろがっている。さらには本牧埠頭を中心とした港湾地区も管轄区域内にある。

港の見える丘公園、三溪園、根岸森林公園などの観光地も、ベイブリッジや横浜港シンボルタワーなどのランドマークも管轄地域内にある。

山下通りを経て本牧通りを入ると、車窓からはマンションや銀行などが見える。それほど特色のある景色ではなかったが、この先は桜並木が続いていて春には桜見物の人たちで賑わうらしい。

スマホを使って夏希は周辺地域のことをざっと調べていた。同じ横浜といっても戸塚駅の隣の舞岡に住む夏希は、いまだに中心部のことをあまり知らない。

やがて交差点でタクシーが左折すると、茶色の壁面を持つ四階建ての小洒落た建物が視界に入ってきた。

庁舎前の駐車場には、パトカーばかりではなく、黒塗りの公用車やグレーの鑑識バンなどがずらりと停まっていた。

クルマを降りるとかすかに潮の香りが漂う。さっきスマホのマップで見たときに、直線で数百メートルのあたりに海とつながる新山下運河が延びていることを知った。

腕時計の針へ目を落とす。八時五十分だ。

エレベーターで四階に上がり、捜査本部が設置されている講堂に辿り着いたときには、壁の時計は八時五十三分を示していた。

（なんとか間に合った）

講堂の入口には「本牧埠頭アマチュア写真家殺人事件特別捜査本部」と墨書された細長い紙が貼ってある。

殺人事件が本牧埠頭で起き、被害者がアマチュアカメラマンだったことだけはわかった。が、どんな事案なのか、これでは皆目見当がつかない。

「駄目だよ。記者さんはこのフロアには立ち入り禁止だ」

入口付近に立っていた制服姿の巡査部長が両手を開いて行く手を遮った。

「いえ……科捜研の真田です」

「あ、あなたが真田警部補ですか。失礼しました」

巡査部長は気まずそうな顔で頭を下げた。

それにしても、おそらくは本牧署の署員だと思うが、見知らぬ警官にも夏希の名が知れているとは。警察官として知名度が上がっているのは決して歓迎すべきことではない。

ライトオーク調の板壁で囲まれた講堂は小さい署の割には大きい。ただ、二方向に開かれた窓はじゅうぶんに広いとは言えず、県警本部や新しい警察署のような開放感には乏しかった。

濃茶の天板を持つ会議テーブルが役割ごとに寄せられ、いくつもの島が作られている。いくつかの島にはたくさんのＰＣが立ち上がっていた。窓際には無線機や有線電話が設置されている。

部屋に入ったとたん、大勢の捜査官の視線が自分に集中するのを感じた。

少しも捜査官らしくない容貌と雰囲気を持った夏希は、どこの現場でも注目を浴びる。

おまけに今日は旅行先からの直行なので、掟破りの旅コーデだった。

アウターはキャメルカラーのチェスターコート。トップスは裾にアクセントの入った黒の薄手のタートルネックニットを裾出しコーデでまとっている。ボトムスはグレンチェックのウールパンツ。とてもではないが、捜査に参加するファッションではない。

おまけに右手にはブリックスの大きなボストンバッグを提げている。

室内にはスーツ姿の男たちが四十名ほど、制服警官が十名ほどすでに着席していた。

五十人規模の捜査態勢と見える。制服警官のほとんどは青色の現場鑑識作業服に身を包んだ鑑識課員だった。女性捜査官の姿は今回も見られなかった。

「ああ、真田さんおはようございます」

最前列の島から声を掛けてきたのは、警備部の小早川秀明管理官だった。

夏希と同年輩のキャリア警視で、プライドが高く、夏希とは意見が対立することが多い。色白の才気走った顔つきは若手官僚らしい雰囲気に満ちている。

「おはようございます。小早川さん……警備部もご出陣ですか」

　ふつうの殺人事件であれば、警備部から管理官が捜査本部に参加することはない。テロ事案なのか、それとも特殊な被疑者や被害者が関係しているのであろうか。

「ま……後で説明します。そちらの島に座ってください」

　小早川管理官は、隣のPCが立ち上がっているテーブルを指し示した。

「君の顔を見ると、厄介な事件だなという実感が湧いてくるよ」

　隣の管理監席に座っていた佐竹義男刑事部管理官が皮肉とも冗談ともつかぬ調子で声を掛けてきた。短い髪に精悍な顔つきは商社マンを思わせる。四十代の佐竹警視は容貌にふさわしく冷静な人物だが、ごくまれに感情的になる。

「あ、またご一緒ですね。よろしくお願いします」

「日曜日だから休んでいたんじゃないのか」

　佐竹管理官が珍しくいたわりの言葉らしきものを口にした。

「実は伊豆高原の宿に友だちと泊まっていたんです」

「へぇ……」

　佐竹管理官はにやっと笑った。

「残念ながら、女友だちです」

なにもあからさまに落胆の表情を浮かべることもあるまい。そんなに自分は男性に縁がなさそうと思われているのだろうか。

「で、科長からお電話頂いて宿を飛び出して、伊豆急と東海道線に乗ってきたんですけど、ギリギリで着けました」

「熱海から新幹線に乗ってきたほうが早かったはずだぞ」

「え……そうなんですか」

「新横浜から横浜線に乗ってくりゃ、たぶん三十分くらいは早く着くはずだぞ」

「知りませんでした」

今朝調べたときには、新幹線利用は表示されなかった。もしかすると、有料特急利用のチェックが外れていたのかもしれない。でも、そのおかげで本間菜月の危機を救えたのだからよしとしよう。

中ほどの島に捜査一課の石田三夫巡査長の姿が見えた。ちょっとひねったところのあるような石田は親しげな笑みを浮かべて小さく手を振ってきた。

夏希はかるくあごを引いて答えた。

後ろのほうの現場鑑識作業服の島では、刑事部鑑識課の小川祐介巡査部長が不機嫌そうな表情で何かの書類を読んでいた。

（アリシアに会える！）

夏希の胸は弾んだ。

訓練係の小川がここにいるということはアリシアも同行しているはずである。

ドーベルマンのアリシアは小川と同じ鑑識課に所属する警察犬である。カンボジアで地雷探知犬をしていたがゆえあって神奈川県警察に採用された。

アリシアは二度も夏希の生命を救ってくれた。子どもの頃からの犬恐怖症はアリシアのおかげですっかり治った。

小川は夏希をちらと見たが、すぐに無関心な顔で書類に目を戻した。

九時三分前になって、捜査幹部がぞろぞろと講堂に入ってきた。

号令係が起立の号令を掛けると、講堂の空気が引き締まった気がした。

捜査幹部は講堂前方の机に次々に座った。

今回も大きい事件なのか、捜査本部長は黒田友孝（ともたか）刑事部長だった。

ちょっと長めのルーズな髪型にオーバル型の銀縁メガネ、怜悧（れいり）でいくぶん神経質そうな顔立ちは大学の若手教授といった雰囲気を持っている。

京都大学で心理学を学んでから法学部に転部したという黒田刑事部長は、キャリアの警視長で、四十代半ばになっているはずだったが、四十を少し出たくらいに見えた。神奈川県警初の心理分析官である夏希に期待を寄せてくれている。

黒田刑事部長の隣に副捜査本部長として制服姿の本牧警察署長が座った。細長い顔に真っ白な髪の定年近い人物であった。小規模署の署長は警視であるが、実質的に捜査指揮を執ることはあまりないはずだ。

隣にはこれもおなじみの顔である福島正治刑事部捜査第一課長が明るめのグレーのスーツ姿で座った。筋肉質で四角い顔に鋭い目つきを持つ。刑事畑一筋の叩き上げの定年近い警視正である。強面には似合わず夏希が疲れ切ったときなどに気遣いをしてくれるやさしさも持っている。捜査本部の指揮を執るのは捜査主任の福島一課長となるはずである。

はじめに黒田刑事部長のあいさつがあった。

「本日早朝、管内で殺人事件が発生した。本事案は住宅地も近い場所での凶悪犯罪である。現時点でのマスコミ報道は目立っていないが、すでにSNS等では事件に触れた近隣住民の投稿が散見される。今後、本事案は県民をはじめとする世間の注目がきわめて高くなるものと考えられる。さらに被疑者は次の犯行予告とも解釈できる発言をしている。我々はなんとしても次の犯行を未然に防がねばならない。捜査員一丸となって事件に立ち向かい、一刻も早く犯人を確保してほしい。なお、わたしはこの後、本庁での会議があるため中座するが、もし重大な選択を迫られて迷った場合には、時間にかかわらず直ちに連絡するように。以上だ」

　警察組織は上意下達が基本である。幹部に向けて連絡をしろと命ずる部長は珍しい。刑事部長はきわめて多忙な職だった。言葉通り、黒田刑事部長はそのまま退席した。

　捜査幹部の紹介に続いて、福島捜査一課長が着座のまま、しゃがれ声で話し始めた。

「本日午前四時ちょうど、中区本牧ふ頭三丁目の通称『海員生協本牧店横の緑地』で小爆発があった。この緑地は本牧署からは直線距離で六百メートルという至近距離にある。近隣住民の通報によって本牧署員が駆けつけたところ、男性の遺体が発見された。被害者（ガイシャ）は運転免許証等の所持品の情報から港南（こうなん）区港南台四丁目に在住の藤堂高矢（とうどうたかや）さんという三十八歳の男性と思われる。社員証も発見された。職業は東京都品川（しながわ）区に本社のある株式会社サイバー・セーフティの横浜営業所次長だ。勤務先はランドマークタワー内にある。この会社は……なんだこりゃ……セキュリティ・クラウドシステム運営会社……」

　メモを見て言いよどんだ後、福島一課長は大きく咳払（せきばら）いをして言葉を継いだ。

「……だそうだ。犯行の詳細は佐竹管理官から」

福島一課長が席に着くと同時に、佐竹管理官が立ち上がった。

「死因はおそらく首を強く圧迫されたことによる窒息。司法解剖が終わらないと確定的なことは言えないが、死体温度等から死亡時刻は午前二時頃と推定される。殺害から爆発が起きるまでに二時間のタイムラグがあるが、殺害現場は遺体発見現場と同じと思量される。つまり、よそで殺して遺体を通称『海員生協本牧店横の緑地』に運んだわけではないということだ。このことは現場に残存していた被害者の体液等の残留物からも間違いないと思われる。また、事件発覚の発端となった小爆発は、実は玩具花火の点火に過ぎない」

佐竹管理官のよく通る声に、講堂全体にざわめきがひろがった。

「現場には時限発火装置のついたたくさんの玩具花火が残されていた。発火装置は目覚まし時計を使った簡易的なもので、インターネットに作り方が公開されていると思われる。この装置を用いて犯人はわざわざ犯行の二時間後にオモチャの花火を打ち上げている。犯人が何を目的としてこのような行為に及んだのかは、いまのところ不明である」

夏希はこの犯行態様にいたく心を引かれた。

「被害者は三脚を立ててカメラで写真撮影をしていた。背後から忍び寄った何者かにナイロンロープのようなもので首を絞められて死亡したと推察される。犯行現場はランドマークタワーやみなとみらい方面の夜景が望める場所であり、夜間にはごく一部の写真マニアが訪れる。しかし、さすがに深夜まで撮影している者はいない。夜景撮影をするカメラマンは日没後を撮影好適時刻と考えているそうだ。どんなに遅くとも、コスモワールドやベイブリッジなど、ライトアップされている被写体が消灯する午前零時頃までしか活動しない。犯行時刻に写真を撮っているような者はいないのだ。その点で、午前二時という犯行時刻に被害者が現場にいた理由は不明である。また、根岸線の山手駅からも離れ、交通が不便なことや夜間営業している飲食店等が近くにないこともあって夜間のカップルなどは皆無だ。要するに犯行を目撃した者はいない。また、犯行現場には防犯カメラはなく、いまのところ近辺のカメラにも犯人と思量される人物は写っていない」

室内に落胆の吐息が漏れた。

「被害者のクルマは現場前の海員生協の駐車場に停めてあった。現在、本署の駐車場に移動させて車内を調べている。三百メートル離れた防犯カメラの映像からは、午後十一時頃に現場に来たことがわかっている。被害者の勤務先等については小早川管理官から」

立ち上がった小早川管理官はちょっとうなずくと甲高い声で口火を切った。

「被害者の藤堂高矢さんが勤めていた株式会社サイバー・セーフティは、企業がインターネット上のさまざまなリソースを利用する際の、情報漏洩（ろうえい）対策を中心としたセキュリティ対策を行う各種サービスを提供している。コンサルティングからクラウドコンピューティングを活用した企業ネットワークの構築・運用までを主な業務としている。一課長から説明のあった通り、藤堂さんはこの会社で横浜営業所の次長をしていた」

まわりを盗み見ると、不得要領（ふとくようりょう）な顔つきを見せている捜査員が多い。夏希もよくわからないが、要するに各企業が安全にインターネットを使うためのノウハウを提供している会社なのだろう。

「犯人と思（おぼ）しき者から、巨大SNSのツィンクルに、午前三時三十分に次のメッセージが投稿された」

小早川の言葉と同時に、前方のスクリーンにツィンクルのキャプチャー画像が映し出された。

——朝四時の本牧緑地で花火を上げます。悲しみを真っ白に消すために……。

（来たっ！）

夏希が呼ばれたわけがわかった。

今回の犯人もＳＮＳで世間に向かって自己主張をしているのだ。捜査幹部が具体的に何をさせたいのかはわからないが、事件がＳＮＳがらみだけに、ネット上の犯人の予期せぬ行動に対応させるために夏希に声が掛かったのだろう。

小早川管理官が捜査本部に参加している理由もわかった。ＩＰの解析ばかりではなく、このような犯行声明のあった犯罪を上層部はテロ事案として考えているのだ。

「犯行時刻と場所、さらに花火に言及しているところから見て、このメッセージが犯人（ホシ）の手によるものであることはほぼ確実だ。しかし、投稿目的についてはいまひとつはっきりしないと言わざるを得ない。今後の分析を要するところだ。さらにこの人物は次のメッセージを、今日の午前四時三十二分に投稿している」

――海が見えます。夜空が見えます。でも、もう星は見えないのです。また花火を上げます。

　夏希は背中が粟立つのを感じた。

　二度目のメッセージは、前のメッセージ以上に謎めいていてポエティックだ。見えなくなった星とは何を意味しているのだろう。

「見ての通り、意味が判然としないが、次の犯行予告とも考えられる……」

　小早川管理官は言葉を途切れさせた。

　はりつめた緊張感が講堂内に走った。

　あらたな生命が失われる恐れがあるのだ。次の犯行を許せば警察の負けである。

「アカウント名は「hanabi@12345abcd」で、あまり意味があるとは考えられない。投稿元のＩＰアドレスを特定するために、現在、国際テロ対策室で解析作業を続けている。だが、被疑者が発信元を秘匿している恐れは強く、ＩＰアドレスの解析は困難であると推察される。迅速な被疑者の特定につながるとは考えにくい……」

　小早川管理官は苦い顔つきで着席した。

　昨夏の二つの事件で、ＩＰアドレスで犯人に振り回された経験が小早川を慎重にしているようだ。

　小早川管理官の言葉が終わると、佐竹管理官が立ち上がった。

「申しそびれたが、現場には被害者のディパックが残されており、財布が入っていた。

中身は運転免許証、クレジットカード機能を持った銀行カード二枚、さらに現金七万八千三百二十一円だ。物盗りの犯行とは考えにくい。少なくとも通りがかりの強盗犯などでないことは確実だ」

佐竹管理官の言葉に多くの捜査員がうなずいている。

「また、被害者のクルマにも多数の所持品が残されていた。こちらは現在、鑑定中だ。何かわかり次第、追加資料として提示する」

佐竹管理官が着席すると、福島一課長が口を開いた。

「それでは捜査方針を伝達する。全体を三つの班に分ける。一班は地取りと鑑取りだ。捜査一課と本牧署刑事課の者があたれ。地取り班は殺害現場付近の聞き込み、鑑取り班は港南区にある藤堂さんの自宅を捜索するとともに勤務先であるサイバー・セーフティ周辺と友人を中心に聞き込みを続けろ。グループ分け等の具体的な捜査内容については佐竹管理官の指示に従え」

地取りとは現場付近で不審者の目撃情報や、被害者の争う声などの情報を聞きまわる捜査をいい、鑑取りまたは識鑑とは、被害者の人間関係を洗い出して、動機を持つ者を探し出す捜査をいう。どちらもいわゆる「刑事」の重要な仕事である。この場の捜査員の八割以上は一班ということになる。

「警備部と本牧署警備課の者は、インターネット上で本事案に関連するような投稿がないかをしらみつぶしに当たれ。さらに、国際テロ対策室の解析を待って、被疑者がSNSに投稿した発信元関連の捜査をするように。小早川管理官の具体的な指示をあおいでくれ」

小早川管理官が気取ったようすであごを引いた。スーツ姿の六人ほどがうなずいた。

「本部と本牧署の鑑識課は、殺害現場の通称『海員生協本牧店横の緑地』付近をエリアを拡大して再捜査だ。初動捜査に見落としがないかどうか徹底的に現地を調べ直してほしい。なんとしても次の犯行だけは未然に防がねばならない。全員、持てる力を振り絞ってくれ。以上だ」

福島一課長の言葉が終わると講堂内の男たちがいっせいに動き出した。

「後ろに集まってくれ」

佐竹管理官の声が響くと、多くの捜査員が指示に従った。しばらくすると、刑事たちは次々に講堂を出て行った。出しなに手を振ってきた石田に軽く会釈を返すと、わざとらしく挙手の礼をして戸口の向こうに消えた。

「わたしはどんな役割をすればいいのですか」

夏希は幹部席に近づいて訊いた。

「真田さんには、ＳＮＳ等で被疑者への接触を試みてほしい」

小早川管理官が声を掛けてきた。

やはり、これが呼び出された理由だった。だが、夏希としてはやっておきたいことがあった。

「その前に現場観察をしておきたいのですが」

「そうですね。まぁ、いいでしょう」

小早川管理官はもったいぶった顔で承諾した。

「小川巡査部長のクルマに乗ってゆけばいい。早くアリシアに会いたいだろう」

福島一課長が言い添えてくれた。

たしかにアリシアに会いたいという気持ちはあるが、そんな私情からの申し出ではなかった。メッセージと花火は凶悪な犯行とは不釣り合いでちぐはぐだった。犯行現場を観察することで、何かがわかる可能性は低くない。

だが、せっかくの福島一課長の気遣いを無にするのも気が引けた。

「はい。なんと言ってもアリシアは生命の恩人ですから」

「はは、犬なのに恩人ってことはないだろう……小川には真田が行くまで待っていろと連絡しておく。早く行け」

福島一課長は笑いながら、右手をひらひらさせて退出を促した。

「ありがとうございます。行ってきます」

夏希は頭を下げる室内での正式な敬礼をして、踵を返した。

【2】＠二〇一八年一月十四日（日）朝

駐車場に下りてゆくと、車寄せ近くにグレーの鑑識バンがアイドリング状態で停まっていた。

運転席の窓が開くと、小川のいつもの無愛想な声が響いた。

「早く乗ってくれ」

「アリシアは？」

「待ちくたびれてるよ」

小川は親指を立ててクルマの後方を指さした。

ラゲッジスペースのケージ内に黒い身体が見えた。

ここへ着いたときにもアリシアはバンのなかでお留守番をしていたのだろう。あのときは捜査会議に遅刻しないか、気もそぞろでアリシアに気づかなかった。

「香水はつけてませんから」

助手席を開けて車内に入るや否や、夏希は小川に言葉を叩きつけた。

小川は無言で笑って、イグニッションをまわした。

香水はアリシアの嗅覚を混乱させると小川に注意されてから、勤務日にフレグランスは使っていない。

当然ながら、今朝はシャワーを浴びる時間がなかった。昨夜、温泉から上がった後に香水をつけなくてよかったといまになって思った。

「アリシア！」

ラゲッジスペースを振り返って呼びかけると、アリシアはガタッと音を立ててケージの中で伸び上がった。

後部シートの上の空間にアリシアの顔が見える。

黒い瞳が夏希をじっと見つめた。

じわっとあたたかいものが夏希の胸を包んだ。

仕事中は職務に忠実なアリシアのことだ。これでもじゅうぶんに親愛の情を表現しているのだ。

クルマが走り出すと、アリシアの顔は後部座席のシートの下へ消えた。

クルマはタクシーで来たのとは反対の西方向へ進み始めた。

「アリシアはさ、昨日もマル暴につきあって黄金町の組事務所のガサ入れにつきあわされたんだ」

ステアリングを握り前方へ視線を置いたまま、小川は不機嫌な声を出した。

「マル暴って捜査四課のことだよね……ガサ入れってなに?」

「家宅捜索のこと。黄金町の組事務所でチャカ……えっと拳銃を見つけたんだ。銃刀法違反で組員を逮捕した。アリシアのお手柄だよ」

小川は得意げに鼻をうごかした。

「そうか。火薬の匂いを捜索するならアリシアの出番だもんね」

「アリシアはどんな警察犬業務でもこなすだろうけど、火薬探索の能力では日本一だからね」

小川はますます得意になって運転中にもかかわらず胸を張って見せた。

「カンボジアで経験積んでるもんね」

「そうさ。だけど、疲れているところに花火ごときで呼び出さないでほしいよ。ガサ入れはアリシアにとっても精神的負担が大きいんだ」

「花火ごときで通報があったわけ?」

小川の口ぶりを真似して夏希は訊いた。

「うん、通報によると、相当派手だったらしい」

「誰が通報してきたの？」

「現場の西にはUR都市機構のビューコート小港っていう賃貸マンションが十棟くらい建っててさ。現場にいちばん近い棟は運河をはさんで百メートルくらいしか離れてないんだ。そこの住人が『こんな時間に海員生協脇の緑地で不良が騒いでるから見に行け』みたいな一一〇番通報したんだよ。どこにでもいるんだ。自分にとって不愉快なことが起きると、すぐに一一〇番する人間ってのは」

　小川は顔をしかめた。交番勤務時代に嫌というほどそんな経験をしたのだろう。

「なるほど。それで地域課員が駆けつけたら遺体を発見しちゃったってわけか」

「そういうことだ。千円以下で売っているようなオモチャの打ち上げ花火を十個くらい次々に打ち上げたらしい」

「花火で通報って、どういうことだろうなって思ってたんだ」

「まぁ、住人にとって不愉快な気持ちはわからないではないけどね」

「それにしても、犯人はなんでオモチャの花火なんて上げたんだろう」

「さぁね……自己主張の好きな犯人なのかもな。花火鳴らして俺が殺したぞって世間に知らせたかったんじゃないのか」

「わざわざ時限発火装置まで作って？」

承認欲求の端的な表れなのだろうか。

犯人からと思われる「悲しみを真っ白に消すために……」というメッセージを考え併せても、夏希には納得ができなかった。

「だからさ、そういうことを解明するために真田がいるわけだろ」

例によって呼び捨てだ。小川とは同い年くらいだし、階級はこちらが上だ。

「真田さんと呼びなさい」

いつものように、小川はもにょもにょとあいまいに口ごもって答えた。

「ところでどうでもいいけど、らしくない格好してるよね」

「あ……今朝、伊豆の宿から直行したんだ」

「ふぅん……それでそんなに大荷物持ってるのか」

「そういうわけ」

「ま、警察なんてプライベートな時間はないとこだからな」

それきり小川は黙った。お気の毒とかなんとか、ねぎらいの言葉のひとつくらいないのだろうか。

小港橋という名前の交差点を過ぎると左手に水路が現れた。緑色の濁った水の向こうに十四、五階建ての白い建物が数棟見えている。

「ほら、あれがビューコート小港さ」

「微妙な古さというか、本牧署と同じくらいだね」

「本牧署はたしか一九九〇年代に建てられたんだと思うけど、こっちも二十年くらいは経っていそうだな。このカーブを曲がると現場だ」

左の水路が新山下運河に合流するところで、道は大きく右にカーブしていた。カーブの途中から左手に鉄塔の建った緑地があらわれた。

クルマは左折して、海員生協という平屋建ての細長い建物の駐車場に入った。看板を見ると、建物には食堂やコンビニが入っているようである。

駐車場にはパトカーや鑑識バンなど五台の警察車両が停まっていた。

「この駐車場の先が本牧埠頭のB突堤なんだ。コンテナ船が中心のエリアらしい」

海員生協側の一台だけ空いている駐車スペースにクルマの鼻先を向けながら小川は言った。

妙にがらんとした雰囲気は埠頭に続く空間らしい。北の方角には高架橋をはさんで大型倉庫が見える。

左手の緑地側の入口には規制線の黄色いテープが張られていた。

立哨する二人の制服警官の姿も見えた。活動服を着ているので、本牧署の地域課員なのだろう。

まわりにはたくさんの野次馬が人垣を作っている。報道の腕章を付けた記者たちや大きな風防付きのマイクやカメラを手にしたテレビクルーの姿も見えた。

すでにテレビでもこの現場は流れているだろう。少なくとも現時点ではあまり注目を集めてほしくはない。

小川は白いラインに従ってクルマを停めると、さっさと降りてクルマの後部に向かった。

続いて降りた夏希も小川の後を追う。

はね上げられたリアゲートの下のケージの扉を小川は開いた。

アリシアがしゅるっとスマートに地面に降りてすっくと立った。

「会いたかったよ。アリシア」

夏希はうずくまってアリシアを抱きしめた。

アリシアは「ふぅん」と、ひと声鼻を鳴らしたが、すぐに身体を引き締めた。

すでにお仕事準備モードに入っている。

「さ、ハーネスつけるから離れてくれ」

小川の言葉に夏希はアリシアから身を離した。

歩き始めると、野次馬がいっせいに注目した。

「あ、警察犬だ」

「ヨーロピアンタイプのドーベルマンだよ」

「ちゃんとお仕事してる。かわいい」

いつもアリシアは人気者である。

アリシアを先頭に規制線に近づくと、立哨していた制服警官が夏希の顔をびっくりしたように見つめた。が、小川と一緒だったためか、何も言わずにテープを持ち上げてくれた。

夏希たちは公衆トイレ脇から緑地内に足を踏み入れた。落葉樹と常緑樹が入り交じった林の奥へ進むと、潮の香りが強く感じられた。

林の中のあちらこちらで数人の鑑識課員が、地べたに這（は）いつくばるようにして遺留品の捜査をしていた。

夏希の心に急に不安がよぎった。心臓がドキドキする。

「もう遺体はないんだよね……」

わかっているのに念を押さずにはいられなかった。

「とっくに片付けられてるよ。いまごろは解剖が始まってるだろう」

小川は小憎らしく鼻先で笑ったが、苦情を言える立場ではない。

昨夏、江の島の現場で死体を見た夏希が、迷走神経反射でぶっ倒れたことは紛れもない事実だった。

警察官たる者が死体を見てPTSD(心的外傷後ストレス障害)などを発症するわけにはいかない。自分なりの対策を考えなければならない。

さらに進むと、大きな桜の木の前に何かの記念碑があって、その向こうには新山下運河の水面がひろがっていた。右手は小型船舶の係留地となっている。

海際には茶色いシンプルな柵が延びており、その前に海に向いたベンチが置いてあった。

「おっ、ドクターも出陣ですか」

声を掛けてきたのは、小川や夏希に近い年輩のがっしりした体格の鑑識課員だった。以前の現場で一緒になった宮部という刑事部鑑識課の主任である。

「どうも、ご無沙汰しています。またお目に掛かれて光栄ですよ」

夏希は愛想よく頭を下げた。

「ドクターが乗り出してきたとなると、これは大事件だって感じるね」

宮部巡査部長は冗談めかして微笑んだ。

「こんな狭いところだ。再捜査なんてやってられないでしょう」

小川の言葉に、一転して宮部は苦い顔つきに変わった。

「さんざん働いた後だ。いまさら何も出ないよ。上はなに考えてるんだか……まぁ、一時間くらいもう一度丁寧に見てみてから引き揚げるさ」

「でも、アリシアなら何か見つけるかもしれませんよ」

「そうだな。頼むぜ、県警一のヒーローよ」

宮部は軽くアリシアの頭を撫でた。

アリシアは舌を出して息をしながら、静かに宮部を見上げている。

「こいつはヒロインです」

「あ、おまえの恋人だったたな」

小川は黙って笑うと、アリシアのリードを手にして右手方向へと去って行った。

小川の去って行った方向を見ると、死体の位置を示す白いロープが地面に残っている。かたわらには黒地に白抜きでAと記した四角い鑑識標識が置かれていた。

「宮部さん、あそこに藤堂さんは倒れていたんですね」

「そう。一緒に見ますか」

「はい、お願いします」

宮部の後について夏希は人型のロープへ歩み寄った。

「被害者(マルガイ)は首を絞められてそこへ倒れたんだよ。残念なことに防寒用の手袋をしてて
ね」

「どうして残念なんですか。手袋をしていたのが犯人だというのなら指紋が残らなくて残念だと素人でもわかるんですけど」

「犯人も手袋をしていたと思われる。こっちの指紋も見つかっていないんだけど、いま言ってるのは指紋の話じゃない」

「指紋じゃないんですか」

「うん、首を絞められた者は必ず苦しがって抵抗する。被害者の爪の間に犯人(ホシ)の皮膚組織が残存することがあるんだ。DNA鑑定などで犯人を確定する有力な証拠になり得るんだけど、今回のケースで被害者は化繊のアウトドアグローブをはめていた。科捜研で検査しても犯人の皮膚組織は見つからないんじゃないかな」

宮部はかるく肩をすくめた。

「なるほど、ひとつひとつ勉強になることばかりです」

「いやいやこんなのは初歩の話だけど、お役に立てれば」

宮部は嬉しそうにうなずいて、Bという鑑識標識を指さした。死体が倒れていた場所の右手すぐのところである。

「死体の脇にカメラが載った三脚が倒れていた。ジッツオっていうフランス製の最高級の三脚なんだ……」

そう言えば、以前、宮部の趣味はカメラだと聞いた覚えがある。

「花火はどこにあったんですか」

「あそこだよ」

宮部が指さした先は、五メートルほど離れた海辺の柵の手前だった。Cの標識が置かれている。

「あの柵の手前にずらりと並べてあったんだ。そう、犯人の残した物は、いまのところこれしか見つかっていない。よく夏にコンビニなんかで売っている打ち上げ花火を十本並べたものだよ。花火同士は導火線でつながっていてね。いちばん左に目覚まし時計を使った簡単な発火装置が残されていた」

「時限装置のことは不思議に感じています」

「うん、なんでそんな面倒な仕掛を作ったんだろうな。指紋は出なかったが、購入先から足が付くかもしれない。有力な証拠だね。もっとも、花火をバラバラに買っていたり、購入時期がかなり前だったりすると、厳しいかもしれないけどね」

「ありがとうございました。ちょっと現場観察します」

夏希は礼を言って宮部から離れた。

いちばん右のベンチに座って運河の方向を見る。

左岸にはパームツリーを前景に、三角屋根を持つビューコート小港が数棟立ち並んでいる。右岸は高架道路の下に大型コンテナがいくつも並んでいる殺風景なA突堤の基部だった。

真正面には複雑な構造の薄グレーの八階建ての建物が見える。屋上には「横浜市立みなと赤十字病院」と水色の文字が記され、その上に赤十字のシンボルが見えた。

病院の左側には山下町からみなとみらいの建物群が見え、マリンタワーやランドマークタワー、横浜メディアタワーなどが目立っていた。

緑地の左右にはポンツーン（浮桟橋）が浮かび、プレジャーボートではなさそうな小型船舶が十隻近く係留してあった。

目の前にひろがっているのは、被害者が最後に見た景色……それはすなわち犯人が凶行を決行したときに見た景色でもある。

とくに犯行直後の「悲しみを真っ白に消すために……」という最後の文句は切実な

思いがこもっているような気がする。「白い」が何を指すのか、いまのところは見当がつかない。だが、犯人の心理に近づいてゆくことは意味があるはずだ。

潮の香りを乗せた東のそよ風が頬を撫でる。

夏希は深呼吸を繰り返し、心を静めていった。

現場観察でいつもするように、大脳をデフォルト・モード・ネットワーク（DMN）に移行させる。

DMNは、何もせず何も考えないでいる状態、大脳のアイドリング状態ともいえる。

最近の脳科学研究は、外界からの刺激から独立した思考や自分への内省の機能を持つとしてDMNを評価している。クリエイターや研究者などが高度で独創的な思考をするためにはDMNが欠かせないという指摘もある。

DMNモードに入って数分後、夏希はゆっくりと目を開けた。

運河が視界に入ってきた。視覚情報により、DMN状態だった大脳は通常の活動モードに戻る。この瞬間にいきなり活性化した大脳にヒントが浮かぶのだ。

「ステージだ……」

犯人はこの場所で殺人劇を演じたのではないか。観客がこの視界のどこかにいたのではないか。そんなイメージが浮かんだ。

心に浮かんだのは、夏希の愛する故郷、函館で毎夏行われる『市民創作函館野外劇』だった。

夏希が物心つく前の一九八八年に始まって以来、三十年も続いている市民参加の日本一壮大な野外時代劇である。七月から八月の数日間、週末の夜に開催される。

アイヌ時代から函館戦争、大火へと続く函館の歴史を、五百人を超える市民ボランティアの力によって壮大なスケールで描く。

五稜郭（ごりょうかく）の濠（ほり）に浮かぶ奥行き百メートル、幅八十メートルの特設舞台は、華やかな照明やスモークで彩られ、千七百人の観客を魅惑の渦に巻き込んでゆく。

夏希も少女時代には何度か観に行き、その素晴らしいドラマに感激した思い出がある。

新山下運河に突き出た緑地が、あの舞台を思い出させたのだ。さらには左岸のビューコート小港や真正面の横浜市立みなと赤十字病院が観客席に見えたためでもある。

同時に夏希は、大学院生のときに観光旅行で立ち寄った南仏オランジュのローマ劇場遺跡をも思い出していた。

いま描いたイメージを夏希は心にしまい込んでベンチを立った。

「宮部さんってたしかカメラが趣味でしたよね」

「そう。下手くそだけどね」

宮部ははにかんで笑った。

「ここって夜景の撮影地としていいところだと思いますか」

「ここねぇ……俺は野鳥中心で、夜景なんてロマンチックなものはあんまり撮らないけど、カメラ仲間に誘われて非番の日に一度だけ来たな。正直言ってそれほどの夜景が撮れるわけじゃない」

「カメラを趣味にする人たちにとって、そんなに人気のある撮影地じゃないんですね」

「横浜ってのは夜景の撮影に向いた場所は腐るほどあるからね……」

「わかります。赤レンガ倉庫とか日本丸メモリアルパークなんかのほうが派手ですよね」

みなとみらい地区付近には夜景が楽しめる場所が多い。夏希の職場である県警本部近くの象の鼻パークだって、ここよりはずっと華やかなはずだ。

アリシアと小川が戻ってきた。

「どうした。なにか収穫はあったか」

「アリシアがおもしろいものを見つけましたよ」

小川は白手袋をはめた手で証拠品袋を掲げて見せた。

ポリ袋の中に入っているのは、長さが三センチくらいの銀製の十字架だった。

「関係ない誰かが落としていっただけじゃないのか」

宮部はさして関心がなさそうな声を出した。

「たぶん、違いますね。アリシアは火薬の匂いに反応したんです。つまり……」

小川は得意げに顔の前で証拠品袋を振って見せた。

「花火！」

「犯人の物ってことだ」

夏希と宮部は同時に叫んだ。

犯人は、花火を設置した手で十字架を埋めたものに違いない。

「そうだと思います。アリシアの態度でわかるんですよ。ほかのものと火薬関連では反応が違いますからね。十字架は、この緑地で一番高いところに埋めてあったんですよ」

「高いところって？」

「うん、あの電波塔の近くにちょっと小高いところがあるんだけど、そのてっぺんの土の中に埋まってたんだ。そうだな、地表の下、十センチくらいのところだ」

やはりこの犯人の一連の行為は謎に満ちている。夏希はおおいに興味を引かれた。

「埋まってる物はまず見つけられんからな」

宮部が悔しがった。

小川はアリシアのハーネスを外して屈み込むと、首のあたりをなで回した。

「ソート、ドゥ・アイ・ソート」

スウェーデン語で「かわいいよ。おまえはかわいい」という愛のささやきである。

カンボジアで活躍していたアリシアだが、地雷探知犬は基礎教育と訓練はスウェーデンで受ける。アリシアへの命令は基本的にはスウェーデン語だそうだ。

「くぅうん」

アリシアは目を細めて気持ちよさそうに鳴いた。

「そうだ。アリシアにご褒美やらなきゃな」

アリシアのご褒美は、ゴムの犬用オモチャを投げて取って来させる遊びである。

「ごめん。わたしもう捜査本部に戻らなきゃ」

小川ははっきりと舌打ちをした。

「仕方ないな。後でゆっくり遊んでやるからな。アリシア」

小川は立ち上がってアリシアのリードを手に取った。

「ドクターの力で、事件が解決されることを願ってますよ」

まんざらお世辞でもなさそうな口調で宮部は励ましてくれた。

駐車場に戻ると、規制線の向こうにはまだたくさんの野次馬がいた。テレビクルーなどの報道陣もそのまま残っていた。

夏希たちは早足でクルマに向かった。

アリシアにカメラが向けられたので、夏希は顔がわかりにくいようにうつむいて歩いた。

公務員にだってもちろん肖像権はある。プライベートでは民間人と同じように保護される。しかし、公務執行中の公務員をマスメディアは平気で撮ってモザイクなしで報道することも少なくない。

「ね、お願いがあるんだけど」

クルマに乗り込むなり、夏希は小川に手を合わせた。

「なんだよ」

小川はけげんそうに眉を寄せた。

「ビューコート小港に行ってみたいんだ」

「早く戻んなきゃなんないんだろ」

アリシアへのご褒美を邪魔されただけに、小川の声は不機嫌きわまりない。

「そうなんだけど……現場を対岸から見てみたいんだ」

「そんなことがなんかの役に立つのか」

「わからない……」

正直に答えるしかなかった。

小川は助手席を向いて夏希の顔を黙って見ている。

「ま、すぐそこだからな」

お許しが出た。

「さんきゅ。ついでになるべく運河沿いの真ん中あたりに行きたいんだ」

「わかったよ。どうせ行くなら同じことだ」

小川はクルマを発進させた。

五分も経たないうちに、クルマはビューコート小港のパブリックスペースに乗り入れ、駐車場を奥まで進んだ。

目の前にパームツリーの続くウッドデッキが運河沿いに伸びている。

「すぐ戻るから」

夏希は車外に飛び出した。

ウッドデッキの柵越しに、運河がひろがっている。

右手に視線を移すと、『海員生協本牧店横の緑地』が望める。

(やっぱりあの緑地は浮き舞台みたいだ)

緑地側で抱いたイメージは間違っていなかった。

こちらから見ると、函館の野外劇場に似ているという感覚は強まった。

それさえ確かめられれば、長居をする必要はなかった。夏希はすぐにクルマに戻った。

「ありがとう。助かった」

「収穫はあったのか」

「たぶん……」

夏希はあいまいに答えたが、現場で感じたイメージを、客席側から再確認できた意味はあったと思っていた。

小川は何も言わずにクルマを出した。


【3】@二〇一八年一月十四日(日)昼〜夜

本牧署の捜査本部に戻ると、講堂内はがらんとしていた。

パソコンに向かって黙々とキーを叩いているスーツの男たちは、警備部の連中だろう。ほかに二人の制服警官が窓際の無線機の前に座っていた。

すでに副捜査本部長の本牧署署長の姿は見えなかった。

小川は福島一課長と佐竹管理官に証拠品の十字架を見せて詳しい説明をしている。

ひと通りの説明が終わると、福島一課長が小川の肩をぽんと叩いた。

「ところで、アリシアに出動要請だ。都筑署の捜査本部に急行してくれ」

「え……」

小川は絶句した。

「二十七歳のガンマニアの男が、殺傷能力のある模造拳銃を製造した疑いで都筑署に逮捕された。一部を空き地に埋めたとのことで捜索中だ。そちらの現場に参加してほしい。試射をしているので火薬の残存物質があるそうだ。アリシアの出番だぞ」

小川の表情が不快に曇った。

福島一課長の言葉尻を捕らえるわけではないが、期待されているのはアリシアで、小川ではないように聞こえる。

「昨日は終日、今日は朝から働いているのに、次の現場ですか」

小川は口を尖らせた。小川が不機嫌になったのはそのためではないらしい。

「仕方がないだろう。事件は待ってくれない」

福島一課長はなだめるように言った。

「俺たち人間とは違うんですからね。少しは休ませてほしいですよ」

愚痴を言いながらも、小川は踵を返して講堂を出て行った。

「さて、真田。どうだったんだ、現場は？」

福島一課長は掌で椅子に座るように指し示しながら訊いた。

「はい……単なる印象を抱いたに過ぎませんが」

「かまわんよ。真田の直感はいままでの事案でも役に立ってきたからな」

「現場の緑地に劇場のステージをイメージしました」

「ステージだって？」

福島一課長は驚きの声を上げた。

「はい。あの緑地が浮き舞台のように見えました。左岸のビューコート小港や真正面の横浜市立みなと赤十字病院が観客席にも感じられました」

「それは、本事案が劇場型犯罪、ということなのか」

「いえ、違います。むしろ逆です。犯人はあの舞台で、誰か特定の観客に向けて殺人劇を演じて見せたのではないかと思っております」

「すると、その団地の居住者や、病院の入院患者などに向けて殺人劇を演じて見せたというわけか」

福島一課長は低くうなった。

「しかし、犯行が行われたのは早朝だ。犯行のようすが対岸から見えるはずもないだろう」

佐竹管理官は異を唱えた。当然の反論である。

「いえ、実際にその二つの建物内に観客がいなかった可能性は高いです。殺人劇というのは観念的なものかもしれないです」

「観念的なもの……意味がよくわからないのだが」

佐竹管理官は眉根を寄せた。

「つまり、今朝の殺人劇を演ずるのが、犯人にとってひとつの儀式だったのではないかということです」

「もうひとつよくわからん」

福島一課長は首をひねった。

「ここからは完全な憶測なので申しあげにくいのですが」

夏希が言いよどむと、福島一課長はおだやかに促した。

「いいから話してくれ」

「SNSへの投稿、緑地という舞台、花火、銀の十字架……非常に物語性に満ちています。儀式的であり、演劇的でもあります。犯人は本事案において自分をプロデューサーであり、ディレクターであり、役者であると位置づけているようにも感ずるのです」

「うーん、一理あるようにも思うが……」

まったく納得していないと福島一課長の顔に書いてあった。

「ところで、今回の事案は、すでに大々的に報道されている」

「どんな論調ですか」

「本部の広報県民課から記者クラブに発表した情報に基づいたものだ。まず犯人の二つのメッセージを掲載している。続けて、夜景を撮っていた善良な市民が絞殺された。近隣には公営団地や病院があって、市民生活に大きな不安が巻き起こっている。次回の犯行もあるかもしれない、とこんな論調だ」

「あまり詳細な報道が為されなくてよかったです」

「そこは広報担当も考えている。いまごろ、下の階じゃ副署長のまわりを記者がわっとばかりに取り囲んでいるだろうな」

各所轄署でマスコミ対応を務めるのは副署長の役割である。

「新たな内容を追加発表するのですか」

「いや、何も発表する予定はない。わたしにも経験があるが、副署長ははぐらかすのに大変だろう」

　福島一課長は小さく笑った。

「真田さん、被疑者への呼びかけを試みてもらえませんか」

　いままで黙って聞いていた、というよりは、会話を無視していた小早川管理官が声を掛けてきた。

「しかし、被疑者が呼びかけに応ずるでしょうか」

「真田さん自身はどうお考えですか」

　小早川管理官は小ずるい笑みを浮かべた。自分一人の提案としたくないのだ。

「ツィンクルにメッセージを投稿して不特定多数に自分の意思、しかも犯行予告や犯行声明を提示しているからには、反応する可能性はあると思っています」

　正直に答えるしかない。

「そうでしょう。では、マシュマロボーイ事件の時と同じように、ツィンクルに犯人向けのメッセージを投稿し、県警ウェブサイトの総合相談受付のフォームに誘導してください」

有無を言わせぬ調子で小早川管理官は指示した。

「あの……また、あれを使うんですか」

駄目だと思いつつも、夏希は念を押してみた。

「当然ですよ。かもめ★百合（ゆり）のほかに神奈川県警の心理捜査官として、世間に認識されるアカウントがあるっていうんですか」

小早川は嬉々（きき）とした声で答えた。

かもめ★百合は、昨夏の事件で連続爆破犯と対峙（たいじ）するために仕方なく作ったアカウントだった。

カモメとヤマユリの花はそれぞれ神奈川県のシンボル的に使われていた。

県警もカモメを名前に使ったピーガルくんという男児キャラと、ヤマユリにまつわる名前のリリポちゃんという女児キャラを使っている。

警察庁警備局の織田信和（おだのぶかず）理事官の発案である。「ちょっと斜め上で安めのハンドルネームのほうが、相手の油断を誘える」という理由から考えついたと言っていた。

夏希は自分を表現するハンドルネームとしてとても情けなく思っている。こんなに何度も使い続けるなら、最初にもっときちんと反対しておけばよかった。

ふと見ると、小早川管理官の口元がゆるんでいる。

（小早川さんってやっぱりちょっとサディストだよね）

夏希が嫌がっていることを楽しんでいるのだ。

「わかりました。メッセージを書きます」

無表情な声で答えて夏希はノートPCの画面に向かった。


——銀の十字架を見つけて、あなたの悲しみを知りました。悩みの相談に乗りたいです。メッセージをお待ちしています。　かもめ★百合

メッセージの最後には、総合相談受付フォームのURLを書き添えた。

十字架の発見は報道されないはずだ。こんなメッセージなら、本人以外には『海員生協本牧店横の緑地』の事件に関わりがあるメッセージとは思われないだろう。

「これでどうでしょうか」

夏希が顔を上げると、福島一課長、佐竹・小早川の両管理官が画面を覗き込んだ。

「問題ないでしょう」

小早川管理官がもったいぶった調子で許可すると、二人も無言でうなずいた。

「それではツィンクルのアカウントから投稿してください」

ツィンクルの画面に入る。

かもめ★百合のアイコンが表示されて、ますます情けなくなる。ツインテールで緑色の瞳を持つ、萌え絵キャラは『脳漿炸裂ガール』の稲沢はなをもとに小早川の指示で警備部の捜査官が作ったものだ。

かもめ★百合 @KPP_kamome_yuri のアカウント名の下の織田理事官が書いた自己紹介文が目に入ると、夏希の情けなさは最高潮に達する。

――神奈川県警本部心理分析官。県警でただ一人の犯罪心理分析のプロ。県民の安全を脅かそうとしているサイコパスやソシオパスのキミたち。あたしが相手になるわ。さぁ、かかってらっしゃい。彼氏募集中。

いくらなんでもこれは変えたい。

「すみません。この紹介文は煽りが多すぎると思います。事案の性質に応じてもっと穏やかなものに変えたいんですけれど」

「いやぁ、それは織田理事官の許可がないと変えられませんよ」

小早川管理官はにやつきながら、とぼけた声を出した。

福島一課長と佐竹管理官は真面目な顔でうなずいた。
申し出が一言のもとに却下された夏希は、ムッとした気持ちでメッセージを投稿した。
当然ながら、すぐに反応は返ってこなかった。
代わりに物好きな野次馬連中が騒ぎ始めた。
——おお！　かもめ★百合降臨！
——姉さん、事件です
——きこえますか…かもめ★百合よ…今…あなたの心に…直接…呼びかけています
——これは間違いなく本牧関連かと
——殺人で花火上げるってワロス
…
さらに、かもめ★百合の画像もいくつも貼られた。
夏希はうんざりすると同時に不安にもなった。
（やっぱりこれだけの言葉でも今朝の事件と関連付けちゃうのか）

巨大SNSは数千万人というユーザーがいる。いろいろな憶測を書く人間の中には核心を突いてくる者も少なからず存在することになる。

まして先ほどのメッセージはふつうの注意力のある者であれば、本牧緑地の犯人である可能性を疑うだろう。

総合相談受付のフォームにも揶揄や励ましのメッセージがいくつも投稿された。

だが、犯人と思しき者からの投稿はなかった。

「IPアドレスは今回も辿れないんですか」

夏希が訊くと、小早川管理官は露骨に嫌な顔をした。

「昨夏のマシュマロボーイの事件以来、IPアドレスを秘匿する方法を素人にもわかりやすく解説するサイトが増えましてね……」

「そんなサイトって取り締まれないんですか」

「難しいですね。ただ、IPを秘匿することだけでは犯罪にはなりませんから」

「不正アクセス禁止法に触れないんですか」

「あの法律で規制しているのは、本来制限されている機能を利用可能な状態にする行為なんですよ」

「あ、つまりパスワードを盗んで、他人のアカウントなんかを積極的に利用する行為しか取り締まれないわけですね」

「その通りです。最近は『Tor（トーア）』という匿名通信システムを用いてアクセスするケースが広まっているようです。ダークウェブと呼ばれるブラックビジネスの基盤にもなっています」

「それってIPを隠せるんですね」

「ええ、秘匿性は完璧（かんぺき）ではありませんが、ほかのいくつかの手段と組み合わせることにより、こちらからの発信元の特定はきわめて困難なものとなります」

小早川は肩をすくめた。

時計の針はお昼に近づいていた。

反応はまったくみられなかった。

「駄目ですね。被疑者は、かもめ★百合には関心がないようだ。被疑者の投稿にリプライを付けましょう」

「でも、小早川さん。そんなことしたら、わたしの呼びかけが、今朝の事件関連だとわかってしまいますよ」

「そうですね……課長、どう思われますか」

小早川管理官は一人で責任を取りたくないのだ。

「いったんネットにメッセージを流した以上、世間が勘ぐるのは自由だろう」

「じゃあ……まぁ……お願いします」

「心配しないでください。責任ならわたしが取ります」

ちょっとイライラした夏希は小早川に切り口上で言って、犯行声明と思しきメッセージのほうに、先ほど投稿したものと同じメッセージのリプライを入れた。

——おお、カモメ★百合が直球勝負に出た。

——本牧緑地事件の犯人だと、いつから錯覚していた？

——わたしが犯人だと宣言したな。あれは嘘だ。

——カモメ★百合じゃないすか！　やだ——！

夏希のリプには、あっという間に嫌になるくらいのリプがついた。

元ネタがマンガなどにあるものは適当にネットから引っ張ってきた画像が貼られている。

「すごいな。十分で百件以上のリプがついてますよ」

小早川管理官は真面目な顔で言った。

だが、すべてが野次馬的投稿者の意味のないリプであった。

午後に入っても、被疑者のリプライは一向に投稿されなかった。

お腹が鳴った。急な空腹感が襲ってきた。

いまになって夏希は朝食を摂っていないことに気づいた。

だが、福島一課長も二人の管理官も食事を忘れているらしい。

悩んだ末に、空腹では頭が働かないと考えて、食事に行くことを申し出ることにした。

「あの……食事とってきていいですか」

三人はぽかんとした顔で夏希を見た。

食事のことなど考えていないという表情だった。

「ああ、どうぞ」

福島一課長の言葉に佐竹管理官もうなずいた。

「科捜研から貸与されてるタブレットでツィンクルを表示しておいてください。あと、緊急事態が生じたら、電話します」

小早川管理官は指示を忘れなかった。

外へ出ると、少し雲が出ていた。

スマホのマップで確かめると、本牧署の管内には、素敵なフレンチや高級中華料理店、接収時代の名残を留めるアメリカンダイナーなどがある。しかし、いずれも徒歩で容易に行けるところではなかった。

気に入った二軒はいつか訪れることにして、六十メートルほどしか離れていないファミリーレストランに入った。日曜日のランチタイムなのにもかかわらず空いていた。

夏希は国産牛の赤身ステーキをしっかり食べて午後の仕事に備えた。幸い小早川からの電話はなかった。

戻ってみると、福島一課長を中心に管理官たちが額を寄せ合っている。

いったい何ごとが起きたのだろう。

「ああ、真田。ちょっと変な話が出てきたぞ」

佐竹管理官が気難しげな顔で言った。

「どうしたんです」

「被害者……ああ、港南区在住の藤堂高矢さんが被害者と確定したんだが、その藤堂さんの持ち物がね……」

「持ち物って？」

「カメラだよ。藤堂さんの使っていた一眼レフデジカメは通常の物だが、四百ミリという超望遠レンズを用いていたんだ」

「あの大砲みたいなレンズですか」

野鳥を撮っている人などが使っているのを何度か見かけたことがある。

「そうだな。ある程度は大きい。そればかりかレンズとカメラボディの間には暗視装置のアダプターが設置されていた……」

一瞬、ぞくっとした悪寒が背中に走った。

「暗視装置付き……暗いところで撮影できるってことですよね」

「そうだ。藤堂さんが純粋に夜景を撮影していたとは考えにくい。真田の劇場説は被疑者に関するものだったな。藤堂さんは反対に自分が観客となって誰かを鑑賞していたようだ。現在、捜査員が港南台の藤堂さんの自宅を捜索しているから、女性を撮影した記録媒体などが出てくるかもしれない」

「つまり、盗撮、覗(のぞ)きですよ。最低ですね」

小早川管理官は顔をしかめて吐き捨てると首を傾げた。

「でも、午前二時に起きている人なんているんですかね」

「それはわからんよ。ビューコート小港には七百三十世帯も入っているんだ。なかには夜の仕事から帰ってきて深夜に着替えたり……その……なんだ……」

福島一課長が口ごもった。

「性行為に及んでいるような世帯もあるということですね」

夏希のこの答えに、福島一課長と佐竹管理官は顔を見合わせた。

小早川管理官は目を見開いて固まった。

「真田は顔に似合わないことを平気でいうな」

佐竹管理官があきれ声を出した。

「わたしは、もともとは医師ですから」

「そうだったな……」

福島一課長は大きく咳払い(せきばら)をして言葉を発した。

「ま、午前二時という犯行時刻も、ほかのカメラマンが帰った後に何らかの盗撮などをしていたとすれば、不自然ではない」

「ずいぶんと高尚な趣味だったというわけですね」

「それが……単なる覗き趣味とは思えぬ点がある。被害者が現場に残したディパックの中には、〇・〇〇五ルクスでカラー撮影可能な超高感度ビデオカメラが入っていた。この製品はある国産メーカー製だが、定価が二百五十万円もする代物だ。趣味で買うにはずいぶんと高額だ。ちなみに〇・〇〇五ルクスというのは星明かりよりもさらに暗いそうだ」

「そんな物騒な製品が市販されているんですか……」

夏希は言葉を失った。

夏希の住まいは戸塚区舞岡の緑に囲まれた高台に建つ賃貸マンションである。自然豊かな環境はとても気に入っているが、夜間は暗い上に人通りが少ない。昨夏の事件で犯人に拉致されてからは引っ越しも考え始めているくらいだ。自分の部屋もどこかから盗撮でもされていたら、と思うと夏希は気味が悪くなった。

「真田さんも気をつけたほうがいいですよ。盗撮防止のために遮光性の高いカーテンを使うとかして……」

こんなことを嬉しそうに口にする小早川は底意地が悪いか、やはりサディストだ。

「覗きだの盗撮だのは病気なんだよな……」

佐竹管理官がぽつりと言った。

「窃視障害と呼ばれています。警戒していない人の下着や裸、または性的な行為を覗き見ることを反復、持続する障害です」

臨床の現場で非常に信頼されているアメリカ精神医学会の『DSM-5』（『精神疾患の診断・統計マニュアル』第五版）の診断基準によれば、六ヶ月以上の継続が診断基準とされている。

「なんでそんな障害になるんだ？」

「原因は大脳基底核に位置する腹側線条体や前脳の側坐核など、報酬系と呼ばれる脳内組織に問題が生じている状況と考えられます。人が大きな快感を抱いたときにはドーパミンと呼ばれる神経伝達物質が多量に分泌されます」

「おお、やる気物質か」

　佐竹管理官は身を乗り出した。

「そうです。このドーパミンの分泌は『快い記憶』となります。大脳はもう一度同じ快感を得ようとして、ドーパミンが分泌されるような行動を行うように命令を下します。抗い難い強い衝動となるわけですが、これはたとえば、つらい勉強をして試験に合格した場合や、仕事で努力して表彰された場合などにも大量に分泌されます」

「刑事が犯人を挙げたときにもドーパミンが出るわけだな」

「その通りです。仕事への情熱や向上への意欲など、ドーパミンはうまく機能している限り、人間にとって大きな味方となります。ところが、それが自分自身や他者を害することにつながる場合、その衝動を理性でコントロールするのが人間の正常な状態です。脳科学的に言えば、大脳皮質の前頭前野、とくに腹内側や背外側の働きが衝動ます。この働きが十分でなくなった状態が、衝動制御障害です。これは窃視障害に限らず、アルコールやタバコなどの薬物をはじめ、ゲーム、インターネット、ギャンブル依存症などの衝動制御障害と呼ばれる症状に共通してみられる特徴です。報酬系が暴走している状態と言えばわかりやすいでしょう」

「だから、テレビ局のプロデューサーや新聞記者とか官僚、はては大学教授や裁判官まで、そんな社会的地位の高い連中が盗撮で検挙されるようなことがあるのか」

「社会的インパクトが強いので、社会的地位の高い人の報道が目立ちますが、統計的には二十代の男性がいちばん多いのです。実は、三対一の割合で女性にも見られるのです」

「女が男を覗くなんてことがあるのか」

福島一課長があっけにとられた顔を見せた。

「警察は女性についてはノーマークかもしれないですね。盗撮の場合は、行為中にスリルとリスクを強烈に感ずることが大きな目的で、性的欲求を満たすためだけの行為とは言えません。さらに異性とのコミュニケーションをとることが苦手な人間が、異性に対する支配欲や優越感を満たそうとする行為だとの指摘もあります。『僕はキミのことをすべて知っているんだよ』というような感覚です」

「本当に気持ちの悪い連中ですよね。まったく理解できないですよ」

小早川管理官は憤然とした口調になった。

「そうなると、たとえば藤堂さんに盗撮された被害者が、これを恨んで殺害したというようなことも考えられるということか」

佐竹管理官はうなり声を上げた。

「しかし、いくらなんでも殺害に及ぶというのは、さすがに被害と動機のバランスを欠いている気がしますね」

小早川管理官の言葉に佐竹管理官は考え深げに答えた。

「小早川さんの言っているのは通常の人間の感覚だ。だが、犯罪者の中には動機と犯罪行為のバランスを欠く者は決して少なくない」

「脳科学的な観点からは大脳皮質の前頭前野や下部後腹側皮質に腫瘍や変性疾患などの損傷がある場合に、人は暴力的になることが知られています」

「つまり犯罪者は脳に傷を持つわけだな」

「誤解しないでください。大脳の腫瘍や変性疾患は決して珍しいものではありません。こうした器質的な病巣を持つ発症者のほとんどは犯罪とは無縁なのです。いまの脳科学ではこの先の部分は解明されていないと言ってもよいと思います」

「脳に病巣を持つ者の中でも、ほんの一部の者が凶悪な犯罪者となる。しかし、その理由はわからないということか」

佐竹管理官はきちんと理解してくれたようである。

「お言葉の通りです。あるいは生育環境や教育などが影響しているのか……今後の研究に期待するしかありません」

夏希の言葉に佐竹管理官がうなずいた。

「司法解剖の結果も出た。やはりナイロンロープによる絞殺だ。死亡推定時刻も午前二時前後で間違いがない。藤堂さんは独身だったそうだが、胃の内容物から前夜午後九時過ぎに食事をしたことがわかっている。どこかで夕食を食べてから、あの緑地に盗撮に出向いたらしい」

「いったい、誰を盗撮していたんでしょうか……」

夏希が首を傾げたときだった。

「フォームから被疑者のものと思量されるメッセージが投稿されました……」

歩み寄ってきた制服警官が乾いた声で告げた。

夏希たちはいっせいにそれぞれの目の前にあるPCの画面を覗き込んだ。

――警察は十字架を掘り出したんだね。鎮魂のしるしだった……あのまま、あの場所にあってほしかった。

「これは間違いなく被疑者のメッセージだ……」

佐竹管理官がひくくうなった。

「犯行現場に十字架が埋めてあったことは発表していませんからね」

小早川管理官もうなずいた。

「鎮魂のしるしと書いています。やはり誰かを弔うような儀式だったのかもしれません」

夏希はドキドキした。メッセージは夏希の予想していたベクトルを向いている。

「そうだな。さっき真田が言っていたことに説得力が出てきたな」

福島一課長は感心した声を出して言葉を継いだ。

「いままでの材料から今回の犯行の背景についての考えを教えてくれ」

「いいえ、まだ何も分析できる状況ではありません」

「なにか考えはあるのだろう」

「憶測に過ぎません」

「話半分で聞こう」

「たとえば、犯人が被害者の藤堂さんに対して大きな恨みがあるとします」

「物盗りの仕業でない可能性が高いのだから、その点は肯定できよう」

「仮に藤堂さんが害した人間が犯人自身でないとします。たとえば、犯人が愛している人、家族や恋人などである場合が考えられます。その被害者に成り代わって犯人が藤堂さんを殺した。つまり仇討ちです」

「なるほど、仇討ちは怨恨犯のひとつの類型とも言える。件数はきわめて少ないが」

「一連の不思議な行為はやはり儀式だと考えます。親の仇討ちをしたとき、その親の墓前に報告するというような儀式がありますね。ああいったタイプの儀式を思い浮かべて頂ければいいと思います」

「なるほど。我々にとっては理解しにくいメッセージや花火、十字架などは天国にいる愛する者に仇討ちのさまを見せているという解釈か」

「そうです。たとえば、犯人にとって鎮魂歌なのかもしれません」

「あまり意味がある行動とは思えんなぁ」

佐竹管理官は鼻から息を吐いた。

「人間は個人的なルールを作って、自分の作ったルールに支配されて合理的とは言えない行動をすることがままあります。なかでも病的なケースを強迫性障害と言います」

「なるほど、意味なく手を繰り返し洗うような行為だな」

「はい、そのケースは『不潔恐怖』とか『洗浄強迫』と呼ばれます。このケースは決して強迫性障害ではありませんが、人間は時として不合理行動をとる動物です」

「その通りだ。犯罪行為自体がまったく不合理な行動だからな。たとえば、正当防衛などはともかく、殺人は本人にとってメリットなどないに等しい。ずっとました解決方法があるのにもかかわらず、人は人を殺す」

佐竹管理官も納得したようだ。

「繰り返しになりますが、いまの話は憶測の域を出ていません」

夏希は念を押した。

「わかっている。直ちに捜査方針を変更するようなことはない。ただ、今後の捜査の展開によっては仇討ち説は有益なものとなるかもしれん」

福島一課長は好意的な笑みを浮かべた。

「真田さん、シフォン◆ケーキの時と同じようにチャットルームを設置しました。いま真田さんのパソコンにＵＲＬを送りました。被疑者が投稿に利用したメアドに返信してください。どうせ、三十分くらいで消える捨てアドだとは思いますが、いまは生きていると思います」

小早川がこわばった声で指示した。

「わかりました……」

しばらく考えた後、夏希は簡単なメッセージを考え出した。

――はじめまして。かもめ★百合です。メッセージありがとう。あなたの悲しみを共有したいです。こちらのサイトでお返事お待ちしています。

さらにチャットルームのＵＲＬを書き添え、三人の同意を得てメッセージを投稿した。

返信はこなかった。

（どうか返事をちょうだい……）

対話を始めれば、被疑者の特徴をつかめるかもしれない。男なのか女なのか、年齢はいくつくらいなのか。犯人像の把握は逮捕への大きな足がかりとなるに違いない。

三十分ほど息の詰まる時間が続いた。

チャットルームへの着信を示すアラームが鳴った。

一同はPCの画面に見入った。


——わたしの悲しみはわたしのもの。悲しみはずっと続いてゆきます。決して消えることはありません。


「来たな。しかし、これも妙に感情的な文章だな」

福島一課長が画面に目を置いたまま言った。

「非常に情緒的な表現ですね。いままでの三つのメッセージに共通する特徴です。もし、これが作為的なものでないとすれば、被疑者は情緒豊かな人物と推定されます」

「脳科学的にはどのように考えるのかね」

「そうですね。大脳の中で情緒をつかさどるのは大脳辺縁系のなかで扁桃体と呼ばれる部分です。人間が恐怖や不安、悲しみや喜びを感ずるとき、扁桃体の血流量が増加して活性化します」

「簡単にいうと、扁桃体が活発な人間は感情的だということか」

「マイナスの面からとらえるとそういう表現になるでしょう。ですが同時に、扁桃体が活発に働いている人は他人への優しさも豊かだと指摘されています。扁桃体が不活性な人は感情が平板だとも言えます。扁桃体はほかにも価値判断、情動の処理などの高度な役割も果たしています」

「扁桃体ってのは大変に重要な部分なんだな」

福島一課長は低くうなった。

「真田さん、情緒的な犯人像だとの仮定の下で、レスを入れてください」

考えはまとまっていなかったが、小早川管理官が急かした。

「被疑者から最初のレスがくるまでには三十分を要しました。迷っていたものと思われますが、レスしてきたからには何か話したいことがあるはずです。もう少し、歩み寄ってみたいと思います」

夏希は考え込んだ。どのように相手に歩み寄ってゆくかの筋道を立ててみた。

——お名前を伺いたいのですが。教えて頂けませんか。

——ジュードです。

――こんにちは。ジュードさん。悲しみはあなただけのものではありません。

――どういうことですか。意味がわからない。

――あなたは悲しみを、誰かと分かち合いたいのではないのですか。

――そんなことはありません。

――そうでなければ、ツィンクルにメッセージを書いたりしないでしょ？　誰かに聞いてもらいたかったのではありませんか。

――ああ、そういうことか。そうですね。おっしゃる通りかもしれません。

――わたしでよければ、ジュードさんの悲しみを分かち合いたいのですが。

――無理だと思います。

――最初から決めないで。

――百合さんはおまわりさんですよね？

――はい。でも、わたしは医師です。また、臨床心理士でもあります。

――そうか。カウンセリングのプロなのですね。

――はい、警察に入る前はカウンセリングの仕事もしていました。

――残念ながら、いまの悲しみはカウンセリングで癒えるようなものではありません。

――癒やそうなんて思っていません。少しでも理解したいのです。

――それが無理だと言っているのです。

――最初から無理だと決めつけないで。

――いいえ、この悲しみはあなたには決してわからない。

――わからないかもしれない。でもわかりたいのです。

――ごめんなさい。今日は疲れました。また、明日。

――あ、ちょっと待ってください。

――さようなら。百合さん。

それきり投稿は途絶えた。

「IPアドレスの解析できそうか」

小早川がPCに向かっている男たちに叫んだ。

「難しいです。いまの会話の間にもIPがコロコロ変わっています」

メタルフレームの眼鏡を掛けた若い私服捜査員が答えた。

「うーん、《XJ7》みたいな匿名ブラウザを使っているのか」

「そうかもしれません。匿名ブラウザは腐るほどありますから。とりあえず通信ログは国際テロ対策室に転送します」

捜査員は冴えない声で答えた。

「どうだ、真田。ジュードと名乗っていたが、名前の雰囲気からすると女か？」

福島一課長が歩み寄ってきて訊いた。

「いまのところわかりません。男女どちらもあり得ます。また、年齢も不明ですね。ただ、マシュマロボーイやシフォン◆ケーキとはまったく違うキャラクターを感じます」

「うん、攻撃的なところや人を見下したような態度が見られないな」

「そうですね。ジェントルで几帳面な印象です。さらに、わたしの主張に耳を傾けたり賛同したりする側面が見られ、共感性はじゅうぶんにある人物だと思います。メッセージ上では感情も安定していますし、今朝の凶悪な犯行とは相容(あいい)れない人物像を感じます」

「そうだな。メッセージだけを見ていれば、人を絞め殺すような人物とは思われないな」

「ところで、ジュードは悲しみを何度も何度も強調しています。この悲しみが何にたいするものであるかを探ってゆくことが、次の犯行を防ぐためにも有用だと考えます」

「真田の仇討(かたきう)ち説に従えば、被疑者が奪われた愛する者というわけだな」

佐竹管理官はつぶやくように言った。

「小早川管理官、出ました」

PCに向かっていた別の私服捜査員が、データをプリントアウトして小早川管理官に渡した。

「ジュードで検索を掛けたのですが、欧米では一般的な名前でヘブライ語の『讃(たた)えられる者』が語源だそうです。有名人では『シャーロック・ホームズ』のワトソン役で有名なイギリスの俳優ジュード・ロウでしょうか。ゲーム・キャラでは『テイルズ オブ エクシリア』の主人公の一人ジュード・マティスですね」

素早い検索に小早川は得意げな顔をしたが、佐竹管理官は口を尖(とが)らせた。

「ビートルズの『ヘイ・ジュード』だってあるだろ。いずれにしても犯人と関係があるのか」

たしかにこの検索結果が、被疑者が名乗っているジュードと関係するとは限らない。

その後はジュードからのメッセージを待つ時間が続いた。

だが、本人のさよならのメッセージ通り、その晩は二度と着信アラームは鳴らなかった。

地取りと鑑取りに出ている刑事たちからも、これといった報告はないまま夜を迎えた。

「もし、仮にビューコート小港や横浜市立みなと赤十字病院に復讐劇の観客がいたのだとしたら、個別に当たりたいところだなぁ」

福島一課長がぽつりと言った。

「たしかに被疑者関連の人物がいる可能性はあります。しかし、ビューコートだけで七百三十世帯ですからね。刑事たちは大変な労力を要することになります。また、大病院の入院患者に片っ端から訊いて廻るというのは現実的ではありません」

佐竹管理官は素っ気なく答えた。

「そうですよ。二つの施設に事件の関係人がいるなんてのは、真田さんの仮説に過ぎないんですから、まだ捜査するような段階じゃありませんよ」

　小早川管理官は意地の悪い言い方をしたが、意見としては賛成だった。

「課長、やめてください。少なくとも仇討ち説は憶測に過ぎません。酸素投与している患者に事情聴取なんてあり得ませんから」

「言ってみただけだ。被疑者が次の犯行を予告しているというのに、これを防ぐ手立てがない……」

　福島一課長は嘆くようにいうと、夏希に向かってやわらかい声で言った。

「ところで、真田。さっきのメッセージのようすでは被疑者も今日はもう接触してこないだろう。帰宅しなさい」

「いいんですか」

　時計の針はまだ九時前だった。

「今朝は伊豆の旅館から直行だったそうじゃないか」

「ご存じだったんですか」

「捜査会議に遅れるかもしれないと中村科長から連絡があったときに聞いた」

　中村科長も意外と親切なところがあることに驚いた。それとも、今朝無理矢理起こしたことへの罪滅ぼしか。

「ありがとうございます。お言葉に甘えて帰らせて頂きます」

　夏希は素直に頭を下げて、ブリックスのレザー・ボストンバッグを下げて講堂を出た。

　石川町までタクシーを使い、横浜駅東口のポルタに立ち寄った。

　いつも使っている『ポルコ・ロッソ』というイタリア食材のお店で、今夜のお酒のお供にプロシュートとタレッジョやマスカルポーネなどのチーズを、明日の朝のためにフォカッチャと京菜を買い込んだ。

　隣のオープンテラス風のイタリアンレストランが開いていた。たしか十時にラストオーダーのお店だ。

　けっこう美味しいし、料理をする気力はなかったので飛び込んだ。

（こんな時間に捜査本部から帰るのは初めてだ）

　グラスワインを飲み、アマトリチャーナを食べながら、夏希は妙な幸福感を感じていた。

　捜査が進展していないためだとも言えるのだが、嬉しいことはたしかだ。

（でも、次の犯行予告があるんだよね）

　早く帰れて喜んでいる自分がちょっとだけ情けなくなる。

だが、それが警察官の日常なんだ、と夏希は自分を納得させた。

そう。精神科医がクライアントに必要以上の感情移入をしてはいけないのと同じように、警察官も事件や被害者に感情移入をすべきではないのだ。

部屋に帰ると、まずは旅行の荷物を整理しなければならなかった。厄介だが、洗濯機も乾燥機も廻さなければならない。

幸いにもこのマンションは賃貸の割には壁が厚く防音効果も高い。こんな時刻に洗濯機を廻しても、苦情が来る気遣いはなかった。

続いて、一日の仕事の記憶を、自分のこころの中から追放するメソッドに取りかかった。殺人現場に臨場した今日は、とくに入念に行いたかった。

臨床医時代にクライアントへの思いが重荷となって、自分が壊れそうになったことがある。ガソリンのような不快な幻嗅がつきまとい、最後には食事がとれなくなってしまったのである。そのときに自己訓練で身につけた、夏希独自のストレス解消メソッドである。

まずはバスソルトを溶かし込んだ四十度前後のぬるめのお湯に浸かり、手足を伸ばしてゆっくりとくつろぐ。

最近はイギリスの「ニールズヤードレメディーズ」のバスソルトが気に入ってい

た。

今日は「ローズコンフォート」というバラの香りを選んでみた。バラの香りにはたくさんの効能があるという。ストレスを緩和してリラックス効果を高め、ホルモンバランスを整え、嗅いでいるだけで美肌効果があるという。

小さい頃から夏希はバラの香りが大好きだった。中高生時代は「函館市旧イギリス領事館」の西洋式庭園である「ローズガーデン」にしばしば通った。六月下旬からの一ヶ月くらいは六十種類百株以上のさまざまなバラが咲き匂う。きっと無意識のうちにバラの香りでストレス解消を図っていたのだろう。

希美と二人でも時々出かけた。もっともバラが咲く季節以外の二人のお目当ては領事館内のカフェ「ヴィクトリアンローズ」のアフタヌーンティーセットだったが。

バスタブでもBGMは欠かせない。これはメソッドの二番目だ。

今夜、流れているのはシークレット・ガーデンの『ウィンター・ポエム』というアルバムだった。澄んだピアノにやさしいストリングスが重なり、やがてリリカルなヴァイオリンが切々と歌い出す。

ノルウェー出身の作曲家でピアニスト、ロルフ・ラヴランドと、アイルランド出身のヴァイオリニストであるフィンヌーラ・シェリーのニューエイジ系デュオである。

さみしい曲は外して穏やかな気分になれるナンバーだけをセレクトしてあった。

湯から上がり肌触り最高のバスローブを羽織ってボディケアを済ませると、冷えたシェリー酒をグラスに注ぎ、買ってきたプロシュートやチーズをつまみに、一人だけのささやかな酒宴を始めた。

酒宴のコツは飲み過ぎないことである。ほろ酔い程度の飲み方がストレスを解消するためにはもっとも効果的である。

メソッドの最終段階はブルーレイかDVDで好きな映画を観ることであった。

コメディタッチの明るい映画がふさわしい。

今夜はとくに明るい気分になりたくて、ディズニー・ピクチャーズの『魔法にかけられて』を選んだ。

おとぎの国アンダレーシアに住む心やさしきジゼル姫は、王子エドワードに出会って恋に落ち、その日のうちに婚約する。

だが、二人の結婚式の日、王子の継母である魔女ナリッサに騙され、ジゼル姫は世にも恐ろしい「永遠の幸せなど存在しない世界」に追放されてしまう。

そこはなんと、現代のニューヨークだった……。

ジゼル姫は、何から何まで勝手の違うニューヨークで幾多のトンデモ行動をてしまう。

王子と魔女のナリッサも、ジゼル姫を追いかけてニューヨークへ現れ、あちこちでパニックが起きる。

偶然に姫の世話をする羽目に陥った離婚専門の弁護士ロバートはシニカルなリアリストだったが、姫の純粋さに心を開き、やがて夢や希望を取り戻してゆく。

伝統的なアナログアニメーションから始まった本作は、ミュージカル仕立てのシーンも楽しく、全編にディズニー映画のパロディがちりばめられている。なんと言ってもディズニーがディズニーをパロディ化していることがおもしろくてならなかった。

主演のエイミー・アダムスは、実写で描かれた初めてのディズニープリンセスとなった。

夢の国のプリンセスであるジゼル姫と猥雑（わいざつ）なニューヨークのミスマッチに笑い続け、時にほろりとしているうちに、こころの中の澱（おり）が消えてゆく。

ハッピーなディズニーワールドに浸り続けられる百七分が過ぎたときには、夏希のこころのリペアは終了していた。

この映画は、ストレスフルな日々を送っている希美にもオススメだ。

四十三インチの画面は、疲れた夏希の強力な味方である。

一人暮らしとしてはじゅうぶんに大きい。映像の世界にどっぷりと入り込めるし、そうそうフルハイビジョンの映像を観る機会があるわけではない。内蔵されているスピーカーの音もよかった。4Kテレビなどへの買い換えの予定はなかった。

「いけない。こんな時間！」

時計の針は午前一時半を過ぎていた。

あわてて顔を洗い歯を磨いてベッドに潜り込んだ。

（そうだ。菜月ちゃん、試験うまくいったかな……）

ベッドの下に仕込んである青いLEDの間接照明にぼんやり照らされる天井を眺めながら、夏希は今朝のグリーン車内でのできごとを思い出していた。

彼女と辻堂で別れたのが、遠い昔のことのように感ずる。

いつものことだが、重大事件が起き、現場などに行っていると、一日はとても長く感ずる。

あまり考えずに笑って過ごしたり、楽しく遊んでいたりするときなどは時間はあっという間に過ぎるというのに。

人間の時間感覚が伸び縮みすることは、実は脳科学でも解明されている。

触覚、味覚、視覚、聴覚、嗅覚（きゅうかく）といった五感を、人間はそれぞれ脳の中のひとつずつの特定領域で処理している。

これに対して、時間の感覚は脳のいくつもの領域を使って多段階のプロセスで処理している。そのため、新しい情報を次々に受け取らなければならないような時間を過ごすと、時間感覚を生み出すための脳の処理には時間が掛かる。注意力が高まったときなど、脳内の処理に時間が掛かるほど、人間は時間が長くなったように感ずるのである。反対に脳が多くの情報を処理する必要がないときには、時間は短く感じられることになる。

夏希のいまの時間はゆったりとした感覚とは矛盾するように速く進んでいた。

いつの間にか時計の針は二時を回っていた。

吹き始めた風が外の雑木林の枯れ枝に当たるさやさやという音が窓辺に心地よく響く。

とりあえず、今夜は安眠できそうだった。

第三章　仏法寺跡

【1】@二〇一八年一月十五日（月）朝

翌日も雲ひとつないほどに晴れていたが、朝の九時から捜査会議が入っていた。

今日はライトグレーのパンツスーツに、サンドベージュのトレンチというおとなしいファッションで家を出た。

ただ、過去の経験から足元はランニングシューズで知られるメーカーが作っているローヒールのパンプスで固めている。「働く女性の応援靴」を銘打っているだけあって、デザインは好みではないが本当に歩きやすい。

講堂に入って夏希は驚いた。なぜか、昨日よりも二十人近く捜査員が増員されている。

会議テーブルの島が増え、島と島の間の空間がぐっと狭くなっていた。

増員されたのはスーツ姿の私服捜査員だが、刑事ではないような気がする。どこかひんやりとした雰囲気を持った男たちだった。

最近はなんとなく、刑事とそうでない捜査員が区別できるような気がしてきた。一人一人を見ていてもわからないが、集団で見ると匂いが違うのである。

ベテランの刑事は、目つきが鋭く厳つい顔つきをしていて、不機嫌そうな男ばかりだった。だが、笑うとどこかに人のよさや無邪気さを感ずる人間が多かった。

増員された二十人は、ずっとジェントルな雰囲気を持っているが、無表情で冷たい雰囲気を漂わせていた。

九時二分前に幹部が入って来た。

（織田さんだ……）

副捜査本部長である本牧署長の隣に座ったのは、警察庁の織田信和警視正だった。

細面で鼻筋の通った理知的な顔立ちのイケメンで、ファッションセンスも音楽センスも抜群にいい。今日もトラッドスタイルに仕立てたヘリンボーンツイードのスーツがよく似合っている。

七月に役職を知らずにデートしたときには好感を持った男だが、仕事上では考えが合わないことが少なくない。

黒田刑事部長が今日も顔を見せていた。

「後ほど詳しい説明があるが、本件はテロ事案であるとの疑いが濃くなった。我々は絶対にテロを許してはならない。次の犯行を防止することは緊要の課題となった。全捜査員、全力を尽くして、一刻も早くテロリストを確保してほしい。本事案の解決のために、本日から警察庁警備局の織田信和理事官が捜査本部に参加する。織田理事官は危機管理に関して広範な専門的知識を有している。今後、捜査方針は織田理事官の指導に従って進めていって欲しい。なお、わたしは本事案についての本庁の重要な会議に出席するために中座させて頂く。以上だ」

黒田刑事部長は立ち上がると、そのまま戸口から出て行った。

(テロですって?)

昨日、夏希が話したジュードはテロとは無縁な人間だと感じている。

黒田刑事部長が退出したからには、この捜査本部でいちばん大きな発言力を持つのは織田理事官となる。

同じ警視正の階級にある福島一課長は、織田の指揮命令下にあるわけではない。

だが、警察庁警備局はまさに日本警察の中枢であり、全国の都道府県警本部に対して強力な指導力を持っている。

一地方組織に過ぎない神奈川県警察に所属する福島一課長は、織田の「指導」を最大限尊重しなければならない。

織田が立ち上がった。

「新たに重要な情報が入ったために捜査本部に参加しました。被害者、藤堂高矢さんの前職が判明したのです。藤堂さんは公安調査庁の職員でした」

室内にはどよめきがひろがった。

公安調査庁は法務省の外局で、日本の情報機関のひとつである。

破壊活動防止法や地下鉄サリン事件をきっかけに制定された団体規制法に規定する暴力的破壊活動を行う指定団体を中心とした調査・監視を行い、解散請求を政府首脳に対して具申する職務を担っている。

夏希はあまり詳しいことを知らないが、情報機関は内閣情報調査室、防衛省、警察庁、外務省それぞれに設けられていて、連携して情報収集に当たることになっているらしい。

「藤堂さんは昨年三月に公安調査庁を自己都合退職しています。同庁に確認したところ、退職前は総務・経理に関する一般事務を処理していた事務職員だったと回答しました。しかし、秘匿性の高い職務を遂行する同庁が事実に基づく回答をしているとは限りません。たとえば、公安調査官は所属や職名はおろか氏名さえも偽って情報収集をしていることが珍しくないのです。藤堂さんが表向き退職してサイバー・セーフティの従業員になったとしても、その実、いまだに公安調査庁の職務を遂行していた可能性も考えられます。従って、事件当夜の暗視カメラ等による撮影行為も情報収集活動の一環であった可能性が高いです」

織田理事官の説明に講堂内を戸惑いの色が支配した。

夏希は驚くばかりだった。被害者藤堂があの緑地で行っていた写真撮影は窃視障害どころかスパイ的な活動だというのか。

「藤堂さんは独身で一人暮らしでしたが、藤堂さんの自宅を捜索したところ、ＰＣ等には写真撮影の記録が一切残っておらず、また、インターネット上の通信記録も削除されていました。これはきわめて不自然なことです。わたしは藤堂さんが日常から身辺に記録を残さない習慣を持っていたと考えています。病気で倒れるなど、自分の身に何かあったときに調査情報の漏洩を防ごうとしていたわけです。藤堂さんは退職後も調査活動を続けていた可能性が高いと思われます」

捜査員たちはいちようにうなずいた。

「一方、現場に残された暗視装置付きカメラや超高感度ビデオカメラ、藤堂さんの着衣やクルマなどには記録媒体は残されていませんでした。こちらは被疑者が抜き取ったと思量されます。あるいは殺害動機がこの記録情報の奪取にあった可能性も否定できません。この点から本事案の犯人像が推察できます」

捜査員たちは息を詰めて織田の言葉を待った。

「いまの時点で断定することはできません。ですが、本事案は指定団体等に対して監視活動を行っていた公安調査庁に向けたテロ行為であるおそれが濃厚になってきました。被疑者は武闘派左翼系か武闘派の右翼団体、あるいはイスラム、北朝鮮、ロシアなどの国際テロリズム集団などに所属している可能性があります。今後、本捜査本部は本庁警備局公安課とも連携して被疑者の確保につとめることになります」

織田理事官の発言に夏希は大きな違和感を覚えていた。少なくとも、昨日対話に成功したジュードは、個人的な思いから藤堂を殺したとしか思えない。数々のメッセージも、組織的なテロとは正反対の性質を帯びていると感じている。

「殺害現場から見えるビューコート小港に指定団体の関係者が居住していたとすれば、藤堂さんはその人間の動きを撮影していた可能性があります。盗撮対象が組織を守るために藤堂さんを殺害した可能性は高い。外国人居住者についても詳細な情報を得るようにして頂きたい……」

織田理事官は言葉を切って捜査員たちを見渡した。

「そこで、捜査方針を変更します」

織田は福島一課長に会釈を送った。

「地取り班はそのまま周辺地域への聞き込みを続けろ。鑑取り班の三分の二は藤堂さんの個人的交友関係等への聞き込みから離れて、ビューコート小港の居住者を徹底的に洗え。グループ分けは佐竹管理官に任せる。さらに警備部と本牧署警備課の捜査員は、県内を中心に活動が活発化している指定団体等の現在の活動状況について捜査を進めろ。小早川管理官が中心になるように」

福島一課長の捜査指揮に従い、講堂内の人の動きがあわただしくなった。

小早川管理官の周りにたくさんの捜査員が集まった。増員されたスーツ男たちはやはり警備課の捜査員たちだった。

捜査がとんでもなく見当違いの方向に進みかけている……。夏希はそんな不安をはっきりと抱いていた。どうしても織田に意見しなければならない。

第二回捜査会議が終わった。

幹部と連絡係などを残してほとんどの捜査員は外へ出て行った。

講堂が静かになるとすぐに織田はゆったりとした歩調で夏希に歩み寄ってきた。

「真田さん、また一緒の本部になれましたね」

織田は好意のこもった微笑みを浮かべた。

少し鳶色がかった瞳に見つめられると、なぜか心地よさが身体の奥にひろがる。

織田の考え方や仕事に対する意識には決して共鳴していないのにもかかわらず。

やはりイケメンは得だ。

「よろしくお願いします」

夏希は小さな動揺を抑えてかるく会釈した。

「真田さんは本部付をお願いします。

「その前にお話ししたいことがあります」

「伺いましょう」

ゆったりと織田はうなずいた。

「わたしは昨日、被疑者のジュードと対話しました」

「小早川さんが資料にまとめてくれていますので拝見しました。さすがは真田さんです。すでに被疑者との接触に成功しているとは素晴らしい」

「対話の中でわたしが感じた人物像は、テロリストとはほど遠いものでした。また、ジュードが組織の意思で藤堂さんを殺害したとはどうしても思えないのです。ジュードはきわめて個人的な感情から殺害行為に及んだものと考えています」

「果たしてそうでしょうか」

織田は小首を傾げた。

「被疑者のジュードが、ツィンクルに投稿した二つのメッセージは、すでにご覧になったんですよね」

夏希は目の前のPCのマウスを操作して、メッセージを表示した。

――朝四時の本牧緑地で花火を上げます。悲しみを真っ白に消すために……。(午前三時三十分)

――海が見えます。夜空が見えます。でも、もう星は見えないのです。また花火を上げます。(午前四時三十二分)

メッセージには小早川管理官が投稿時刻を付記していた。

「もちろんですよ。何度も見ました」

画面に一瞬目をやった後、織田はさらっと答えた。

「このような情緒的な犯行声明や犯行予告は、組織的な犯行とはとてもなじむとは思えません」

夏希は言葉に力を込めたが、織田の表情は少しも変わらなかった。

「二つのメッセージはまるで詩人の言葉です。あまりにも情緒的に過ぎます。ジュードと真田さんとの対話もすべてが絞殺犯の言葉とは思えない。妙に素直でそんな凶悪事件を起こした人物像とは重ならない。さらに、現場にわざわざ埋められていた銀の十字架も、わざわざ時限装置までつけた花火もテロリストの仕業とするのには不自然すぎます」

「だから、わたしはテロリストの犯行とは考えにくいと申しあげているのです」

ふたたび夏希は、気合いを込めて自分の考えを織田にぶつけた。

「そのまま受け止めるのは真田さんが素直だからです」

「つまりどういうことですか」

夏希はちょっとムッとした。

もちろん織田の言葉の意味はわかっていた。夏希が単純だと言っているのだ。

「すべては偽装工作だということです」

おだやかな表情を崩さぬまま、織田は夏希の今までの考えを真っ向から否定した。

「対話もすべて偽装工作だというのですか」

「そうです。個人的な犯行であるように装い、捜査の目を逸らすために、被疑者はあえて情緒的な態度を装っているのです」

「そうでしょうか」

納得できなかった。

夏希は対話の素人ではない。臨床医時代も真実を覆い隠すクライアントにはたくさん接している。偽言は偽言として見抜く訓練はしているはずだった。

だが、昨日のジュードの言葉をすべて偽言と考えるのには無理があるように思っていた。ジュードが何らかの悲しみを抱いていることは決して嘘ではないと感じていた。

「わたしはジュードの言葉には真実が含まれていると感じています」

夏希は強い調子で言葉をぶつけた。

「訓練された工作員は、自分の本質をどのようにでも隠せます。むしろ、わざとらしいほど情緒的である一連のメッセージを見るに、被疑者はそれほど熟練した工作員とは思えません」

「では、個人的怨恨の線は完全にないとおっしゃるのですか」

「いいえ、そんなことはありません。可能性としてはゼロではないと考えています。

だから、捜査員の三分の一は藤堂さんの個人的な鑑取りに残したではありませんか」

織田の言葉は夏希の論戦を封ずるものだった。これ以上何を言っても無駄だ。

「本事案でのわたしの仕事は終わったような気がしますが」

夏希は織田の目を見つめてゆっくりと言い放った。

「え……」

織田の表情に戸惑いが見えた。

「心理分析はあくまで個人を対象としたものです。組織と対話しても相手の心理を分析することなどできるはずもありません。発言のすべてが偽装だとすれば、真理分析官の仕事ができる余地はありません」

夏希の声は震えていた。

すでに本牧緑地で感じた「ステージ」の印象などを話す気は失せていた。

「しかし……」

「もし被疑者がテロリストだとしたら、対話を続けても意味がないのではありませんか。次の犯行だって個人の意思で行われるわけではないはずです」

「わかりませんよ。真田さんの呼びかけに応じて被疑者は予想外の動きを見せるかもしれません。あるいは尻尾を出すかもしれない」

すぐに立ち直った織田は自信満々の調子で答えた。夏希には反論できない。

「わかりました」

「それと、わたしの側で今後の事態の変化に応じたアドバイスをください」

捜査本部において織田が夏希に求めているものは理解した。だが、ひとつだけ要求したかった。

「努力します。ただ、わたしは状況に応じて、感じたことを遠慮なく申しあげると思います。仮に、現在の捜査方針に反していても、です。その点、あらかじめお許し下さい」

織田の目を力強く見据えて、夏希は言い放った。

「よろしくお願いします。真田さんは過去に二件の複雑な事案を解決することに大きな力を発揮なさいました。今回もあなたの実力に期待しています」

織田はそつのない顔で笑った。

夏希は軽く頭を下げると、自分の席に戻った。

講堂内に息をつく音が次々に響いた。

二人の議論を、幹部を含めてほかの捜査員たちは息を詰めて見ていたのである。

警部補が三階級も上の警視正に真っ向から反論するなど、上意下達が大原則の警察組織では考えられない。しかも織田は警察庁の理事官である。

こんなことができるのは、階級にこだわらない者が多いベテランの刑事くらいである。

夏希は江の島署刑事課の加藤清文巡査部長を思い出した。

階級など無縁の加藤なら自分の考えを平気で主張するだろう。

だが、階級にこだわっているようでは、真理分析官が捜査本部にいる意味はないと夏希は考えていた。

「真田さん、まずはジュードへの呼びかけを行ってください」

「承知しました」

夏希はもやもやした気持ちを忘れようと、ＰＣの画面に向かった。

――ジュードさん、おはようございます。朝食には何を食べましたか。

「とりあえず、こんな呼びかけでどうでしょうか」

「結構です」

「臨床医時代にも使っていた呼びかけです」

「内容はいちおう見ていますが、投稿する前にひとつひとつ確認をとる必要はないです。わたしは真田さんの技量を信じていますから」

三十分ほど経ってから着信アラームが鳴った。

——おはようございます。百合さん。サンドイッチとサラダです。百合さんは何を食べたのですか。

「来ましたね。しかも、今日も妙に素直だ……」

小早川管理官が画面から顔を上げて言った。

夏希はうなずいて弾む気持ちでキーボードを叩いた。

——昨日の夕飯で食べきれなかったおつまみのプロシュートやタレッジョと京菜をフォカッチャにはさんで食べました。

——へぇ、パニーノですか。百合さんはお酒を飲むんですね。

――シェリーが好きです。

――珍しいですね。なんでシェリーなんですか。

――だって、ふつうのワインは開けるとすぐに悪くなっちゃうし、蒸留酒は強くて苦手です。

――蒸留酒ってウィスキーとかブランデーですか。水割りで飲めば強くないですよね。

――本当はブランデーも好きなんですけど、水で割ると変に薄くてまずいじゃないですか。だったら、シェリーのほうがいいと思って。

――シェリーは美味しいですよね。ペドロ・ヒメネスとか好きです。

――あ、甘いお酒は駄目なんで、たいていはマンサニージャですね。

——本当にドライなのが好きなんですね。ティオ・ペペならよく飲むんですが。

——ティオ・ペペも飲みますよ。どっちにしてもフィノが好きです。

——フィノも甘いのもどっちも好きです。ところで、百合さんって本当におまわりさんなんですか？

——そうですよ。なんでですか？

——なんだか、ぜんぜん、らしくないから。

——お礼をいうべきかしら。おまわりさんらしいなんて言われたら寝込みます。

——そんなこと書いて大丈夫なんですか。まわりにはおまわりさんがいっぱいでしょうから。

――大丈夫。わたしいつもこんな本音を言ってますから。

順調にメッセージが交換できていることに夏希は期待を掛けた。

およそ凶悪殺人犯との対話とは思えないやりとりが続いているが、夏希はこうした日常的な会話の中で相手が少しでも心を開いてくれることを願っていた。

夏希はいまでも織田の方針には少しも納得していない。ジュードを生の意思を持った人間と考えていた。

――本音か……本音で生きるって難しいですよね。

――とくに組織の中ではいつも本音で生きるわけにはいかないですからね。

――そうですね。自分に嘘をついて生きるしかないですね。

――ある程度仕方のないことでしょう。常に本音で生きることがいいこととは限りません。

——そうでしょうか。自分に嘘をつくのは淋しいことです。

——もし朝、出勤するなり、上司が仕事に対するあなたの考えや方針を全否定してきたとします。あなたはムッとして自分の意見をぶつけて喧嘩したくなるでしょう。でも、上司にだって上司なりの考えがあるわけです。それを真っ向から否定したら、あなたも上司と同じように他者に自分の考えを押しつけていることになりはしませんか。

かたわらで息を呑んだのは、小早川管理官のようだった。

——おっしゃる通りですね……。でも、常に自分の本音を抑えつけているというのは悲しいです。いつか自分が壊れてゆきます。

——それはジュードさんが昨日言っていた悲しみと関係があるのかな？

返事が途絶えた。三分ほどして、夏希は自分のほうから重ねてメッセージを送った。

――嫌なら答えなくていいですよ。

――いえ、考えていたのです。関係はあります。でも、悲しみの原因ではないです。

――ジュードさんの悲しみが知りたい。

――まだお答えできません。これから、やらなければならないことがあります。

――やらなければならないことって？

――次の花火をあげることです。

――待って下さい。あなたはもう花火をあげてはいけない。

——おつきあいありがとうございました。よい一日を！

——待って。もう少しお話ししましょ。


だが、それきりいくら待っても返事は来なかった。

夏希は焦りを感じた。ジュードは次の犯行に及ぶ恐れがある。

「どうだね」

福島一課長が声を掛けてきた。

「いくつか感じたことがあります。まず第一に、ジュードはそれほど年齢の高い男性ではないかもしれないということです」

「なぜ、そう言えるんだ」

「プロシュートとタレッジョをフォカッチャにはさんで食べたというわたしの発言を完全に理解しています。このあたりは五十代以上の男性には馴染みの薄い食材です」

「なるほど、俺にはちっともわからん。なんだそれは？」

福島一課長は頭を掻いた。

「プロシュートはイタリアの生ハムです。タレッジョはチーズ。さらにフォカッチャはイタリアパンの一種です」

「うーん、この季節だともつ煮込みで一杯って口だからなぁ」

「まだ四十代だが、タレッジョなんぞはわからんぞ。娘にせがまれて時々イタリアンレストランには行くが……」

佐竹管理官も苦い顔をした。

「置いているファミレスもあるかもしれません。でも、ジュードは『パニーノ』という言葉を使いました。これはイタリアのサンドイッチを指す言葉なのですが、多くの日本人は複数形の『パニーニ』を使います」

「ジュードにはイタリア暮らしの経験があるのではないか」

佐竹管理官の言葉にも一理ある。

「それだけではありません。シェリー酒の話題を振ったときに、ペドロ・ヒメネスという言葉を口にしました。これは甘口のシェリーなのですが、さらにマンサニージャがドライだということも知っていました。基本的なシェリーの知識があるわけです。ご存じの通り、シェリーはスペインのお酒です」

「俺はシェリーも飲んだことがないからな。要するにグルメ好きか」

福島一課長は興味深げに言った。

「あるいは飲食店につとめているなど、外食関連産業の仕事に就いている可能性はあります」

夏希の言葉に織田が口を開いた。

「そのことと、工作員であることは矛盾しません。本業は外食関連産業に就いていて、昼はギャルソンで夜は工作員という可能性もあります」

織田はにこやかな表情を保っていた。

さっきの皮肉に動ずるような織田でないことはわかっていた。

「でも、そうでない可能性もあります」

「なぜですか」

「組織内で自分を偽る淋しさについて語っていました。もし、工作員であれば、組織という言葉にもっと敏感に反応するはずです。わたしはジュードが工作員であるというお説には賛同していません」

織田はしばらく黙っていた。

「わたしの率直な感想を言いましょう」

「お願いします」

「その程度の問いかけに動揺するようでは工作員ではありません。工作員であるからこそ、組織という言葉にはとくに無反応を決め込むはずです。ジュードが工作員という前提で問いかけを続けて頂きたい」

平然という織田の顔を見ていて、夏希の胸にチカチカと不快なものが走った。

「お願いがあります」

「なんでしょうか」

「科捜研に戻りたいのですが」

「……なんですって」

織田は乾いた声を出した。

「この捜査本部にわたしの仕事はないようです」

「待ってください」

「だってそうでしょう。どんな分析をしても偽装工作とおっしゃるのでしたら、ここにわたしのいる意味はありません」

夏希は本音を叩きつけた。

「いや、今回、真田さんに期待しているのは分析ではなく、被疑者から少しでも多くの情報を引き出すことです」

「それならば、わたしでなく小早川さんに頼んでください」

対面の管理監席で小早川が首をすくめるのが見えた。

「いや、真田さんでなければ、あんなにたくさんの被疑者の言葉を引き出すことはできなかったでしょう。それにジュードが年輩の男性でないというのは正しいと思います。あなたの対話能力はこの捜査本部に欠くことはできません」

織田はつとめてやさしい声を出しているが、夏希の気持ちは変わらなかった。

「いいえ、わたしの対話能力は、ここでは活かす場所がなさそうです」

「そんなことはありません。真田さんはここにいてもらわなければ困ります」

「科捜研に帰ります」

夏希が立ち上がったそのときだった。

PCに向かっていた制服警官が立ち上がって近づいて来た。

「ツィンクルに犯人と思量できる者がメッセージを投稿しました」

「本当か！」

小早川が叫んだ。

「はい。いままで二つの投稿に用いていたhanabi@12345abcdというアカウントからの十時三十二分の投稿です」

夏希は目の前の画面を注視した。

——忘れ去られた神殿で花火を上げます。悲しみを真っ白に消すために……。

あっという間にたくさんのリプが付いた。

——第二の犯行予告だ！

——特定班、場所特定急げ！

——今度のターゲットは誰だ？

——忘れ去られた神殿ってゼルダかよ。

——ドラクエにもあると思われ。

昨日の本牧緑地の事件と、このメッセージを誰もが関連付けて考えている。

チャットルームを開き、夏希はすぐにジュードに向けて投稿した。

——ジュードさん、百合です。お返事を下さい。

反応はなかった。

夏希はすぐに二度目の呼びかけを行った。

——お願いです。ジュードさん答えて。

だが、着信アラームは鳴らない。

イライラする気持ちのなか、一時間半ほどが経過した。

夏希はテーブルの下で貧乏揺すりを続けていた。

すでにお昼を過ぎていたが、食欲は少しも湧かなかった。

とつぜん本部系の入電を示すブザーが鳴った。

——県警本部より各局。鎌倉市内で花火らしき不審な小規模爆発ありと一一〇番通報あり。現場は鎌倉市坂ノ下三十番地。繰り返す……。

「鎌倉市付近で巡邏中の機動捜査隊員と自動車巡邏隊、現場付近にいる所轄パトカーは全車、現場に急行しろっ」

福島一課長がしゃがれ声で叫んだ。

通常は花火程度の話でこれだけの態勢を組むことはない。所轄から地域課員がバイクでようすを見に行くくらいが関の山だ。

しかし、不審な花火となると昨日の本牧緑地の殺人事件と結びつけて考えるべきだ。だからこそ近隣住民も一一〇番通報をしたのだろう。

連絡係があわてて電話や無線に飛びつき、講堂内は急にあわただしくなった。

ジュードは第二の凶行に手を染めてしまったのか。

夏希は胸の鼓動を抑えられなかった。

「鎌倉市坂ノ下三十番地は、仏法寺跡という史跡の番地ですね。文化財保護法に基づく史跡となっています。文化庁が運営する文化遺産オンラインによれば『仏法寺跡は、鎌倉幕府、北条氏の支援のもとで陸上・海上交通を支配した極楽寺の有力末寺の寺院跡で、元弘の鎌倉攻めの激戦地の一つでもあり、都市周縁部の葬送、供養関係の遺構も良好に残されており、我が国の歴史を考える上で重要である』とのことです」

小早川管理官はしたり顔で説明した。

「俺たちは遺跡調査をやるわけじゃないだろ。現状はどんな場所なんだ？」

佐竹管理官がいらだちの声を上げた。

「個人サイトによれば、霊山山という山の上で、ただの草地ですね。江ノ電極楽寺駅前に登り口がありますが、ほとんど人の行かない場所のようです」

小早川管理官は鼻白んで答えた。

「それで忘れ去られた神殿か……ジュードがまたやらかしたようだな」

福島一課長がうなった。

「どこの署の管轄だ?」

佐竹管理官の質問に一人の制服警官が答えた。

「鎌倉市坂ノ下は江の島署管内です」

江の島署というと加藤巡査部長の所轄署だ。今頃、現場に向かっているのだろうか。

三十分もしないうちに絶望的な連絡が入った。

「ちょっと聞いてくれ」

福島一課長が立ち上がってあらたまった顔になった。

夏希の心臓は大きく収縮した。

「仏法寺跡の小爆発現場に臨場した機捜隊員が、男性の遺体を発見した。詳しいことはわからないが撲殺とのことだ。また、現場には時限装置付きの花火が残置されていた。先ほどのSNSへの予告と併せて考えると、昨日早朝の本牧緑地の被疑者と同一人物、自称ジュードによるものだと思量される」

福島一課長の声は沈んでいた。

（ああ……やはり……）

夏希は天井をあおいだ。

今朝の対話でジュードを引き留める方法はなかったのだろうか。

襲い来る悔しさで夏希は胸のつぶれる思いだった。

講堂内に残っていた十名ほどの捜査員は誰もが肩を落としていた。

全力を尽くして捜査を続けているのに、第二の犯行を許してしまったのだ。捜査本部の人間としてこれほどつらいことはない。

「第二の犯行がこんなに早く行われるとは思わなかった……防止できず残念です……」

織田の声にもすっかり力がなかった。

さらに二十分ほどして、第二報がもたらされた。

「被害者についての情報が来ました。財布の中に現金やカード類とともに運転免許証が入っていたそうです。生駒一郎（いこまいちろう）さん、四十歳です。健康保険証にあたる私立学校教職員共済加入者証も発見されています。性別は男性……」

小早川管理官は説明しながら、スマホで検索を掛けている。

「もし、免許証や共済加入者証が本人のものだとすれば、生駒一郎さんは大手門大学法学部の教授ですね。四十歳で教授か。若いなぁ……。専攻は民事訴訟法だそうです」

スマホから顔を上げて小早川は言った。

「なんで、大学の法学部の先生がそんなところにいたんだ？　史学じゃないんだろ」

福島一課長の疑問は、夏希も訊きたいところだった。

「近所だからでしょうね。生駒さんの住所は鎌倉市極楽寺二丁目十八番地三号です。極楽寺駅から十分もかからない距離なので、散歩でもしていたのではないですか」

今日は天気もよくて春のようにうららかな気候だった。

ジュードは生駒という大学教授ののどかな散歩中を襲ったのか。

今朝の対話で見えた穏やかなキャラとは相容れない。

さらに、今回も時限装置まで付けて花火を上げた。これもまた、鎮魂なのか。

織田に言わせれば、すべては偽装工作だそうだが……。

「諸般の事情を勘案して、本牧緑地の事案とこの事案は同一犯による犯行の疑いが濃厚です。捜査指揮を一本にしたいですね」

織田は福島一課長にものやわらかい調子で提案した。

「同じ考えです。こちらと江の島署の合同捜査本部とすべきでしょう。黒田刑事部長のお許しが必要ですが……」

「わたしからお電話します」

スマホを取り出して織田は電話を掛けた。

すぐに電話を切って織田は全員に向かって宣言した。

「決まりました。二つの事案は本牧署と江の島署の合同捜査という形になります」

合同捜査本部となると、指揮命令系統は一本化される。現時点ではこの本牧署講堂から江の島署へ捜査指揮を出すことになるはずだ。

「第一回捜査会議にこちらからも幹部を出席させたいですね」

織田の問いかけに福島一課長がすぐに応じた。

「わたしが行きましょう。織田理事官は総指揮ですからこちらを束ねてください」

「しかし……わたしは神奈川県警の人間ではありません」

織田は戸惑いの色を見せた。法的には指導官であって、指揮官ではないからだ。

「いまのところ、第二事件の被害者である生駒さんと監視団体等の関係は明らかになっていません。組織との関わりが濃厚な第一事件については本牧署が総本山です。織田理事官にはこちらにいて頂かなければ困ります。二人の管理官は残してゆきますんで」

福島一課長は噛んで含めるように言った。

「わかりました。お願いします」

うなずく織田に夏希は気負って申し出た。

「わたしも行きたいのですが……」

「真田さんは、このままわたしの側にいらしてアドバイスを頂きたい」

織田の頬はわずかだが引きつっている。

「第二現場も見たいですし……」

しばらく考えてから、織田は渋々許可を出した。

「いいでしょう。お二人とも必要なときにはこちらへ戻ってもらいます」

「捜査一課からこちらへ増員をよこしますので、とりあえず何人か連れて行きたいのですが……」

遠慮がちに福島一課長は言った。

「第二事件も殺人ですから、江の島署だけでの捜査は厳しいですからね。まずは十名連れて行ってください、人選はお任せします」

「助かります。とりあえず地取りチームから選びます。刑事課からの十名は三十分以内にこちらへ来させます」

　福島一課長はしばらく電話でいろいろなやりとりをしていた。

「真田さん、このなかに、ジュードと対話する環境と、こちらへの連絡ツールがすべて入ってますので、江の島署のPCにコピーして使って下さい」

　小早川は黒いUSBメモリを夏希に渡した。

「ありがとうございます。助かります」

「ネット送信するよりは安全だと思いますんで……紛失にはじゅうぶん気をつけて下さい」

　小早川らしい感覚だ。ネット送信はハッカーなどによる情報漏洩の危険が高いと考えているのだろう。夏希自身が紛失するリスクのほうがずっと大きいような気がするのだが……。

「パスワードはかもめ★百合のプロフィールの最後の言葉としました」

「は？」

「KA RE SHI BO SHU CHUですよ」

　小早川はにっと笑った。まことに念の入った性格であると言わざるを得ない。

　ともあれ、このUSBメモリがあれば江の島署で苦労することはない。

「任務を終了して、江の島署から戻るときには『終了』というアイコンをクリックして下さい。自動的にデータを消すプログラムが起動します」

「わかりました」

夏希はメモリを受け取ると、バッグの中のポーチにしまった。

「では、出かけます」

福島一課長は部屋のハンガーに掛かっていたコートを手に取った。

「行ってきます」

夏希も身仕舞いをして織田にあいさつをした。

「こちらへお呼び立てしたときはよろしく」

織田は余裕の笑みを取り戻していた。

【2】@二〇一八年一月十五日（月）午後

夏希たちは駐車場でアイドリング状態のパトカーの後部座席に乗り込んだ。

「いま一時だ。明るいうちに現場を見ておこうか。鎌倉市の江ノ電極楽寺駅にクルマを着けてくれ」

「了解しました。現場前まで参ります」

ステアリングを握る制服警官が歯切れよく答えて、パトカーは本牧署から通りへ出た。本牧ふ頭出入口から首都高湾岸線に入ったパトカーは、横浜横須賀道路を朝比奈インターで下りた。狩場ジャンクション付近はやや混んでいたが、それでもまず順調に動けた。

「朝比奈からふつうに行くと鶴岡八幡宮の真ん前に出ちゃうんですよ。鎌倉市内ってのはうっかり入ると、とんでもない渋滞に巻き込まれます。まぁ、こんな寒い時季だからいいですけど、春から秋はサイレン鳴らしててもちっとも動かないんです」

朝比奈インターを下りて、鎌倉霊園の坂を上りながら制服警官が言った。

「君は鎌倉に詳しいんだな」

福島一課長は感心した声を出した。

「以前は八幡宮に至近の鎌倉署にいましたんで……逗子ハイランドから材木座を通ってちょっと遠回りしますが、渋滞を避けます」

夏希にはどこをどう通っているのかよくわからなかったが、国道一三四号線に出てから見えた鎌倉の海は藍色に澄んで美しかった。

国道から別れて狭い道に入った。星の井通りという素敵な名前の交差点を左折して雰囲気のある古い町を抜けると、両側から山が迫る切り通しとなって上り坂にさしかかった。

途中で黒白に塗り分けた所轄署のワゴン車とすれ違った。福島一課長は意味ありげな視線で坂の下へと走り去るクルマを見やっていた。

「鎌倉七切通しのひとつ極楽寺坂切通しです。これを抜けると、現場入口となります」

切り通しを抜けると、右手の低いところには江ノ電の線路が走っており、ホームが続いていた。小さな極楽寺駅ののんびりとしたたたずまいは、古くからドラマのロケ地として使われてきた。最近では、小泉今日子と中井貴一が主演した『最後から二番目の恋』の舞台ともなった。

制服警官の言葉通り、坂の途中に野次馬らしき人だかりが見えた。

「規制線のところに階段がありますが、現場への登り口です。現場までお供したいんですが、ここはクルマが停められないんで申し訳ありません」

「ああ、かまわんよ」

たしかにすれ違うのがやっとの道幅だった。こんなところに警察車両がずらりと並んでいたのでは、所轄署は苦情電話の嵐となろう。

「近くで待機してます。ご連絡下されば、すぐにお迎えに上がりますんで」

制服警官はハザードを出してクルマを停めた。

夏希たちは切り通しから続く下り坂に降り立った。

十数人の野次馬と数人の記者風の男女が詰めかけていた。

一人の五十年輩の地域課員が指揮棒を振って、交通整理をしている。

「ご苦労さん、捜査一課長の福島だ」

立哨(りっしょう)していた若い地域課員は、あめ玉を呑(の)み込んだような顔を見せた。

あわてて背を伸ばして敬礼すると、緊張した声で言った。

「現場までご案内します。足元が悪いのでお気をつけ下さい」

福島一課長は鷹揚(おうよう)にうなずくと、規制線の中へ入っていった。

「臨場するなんて十何年ぶりかな」

階段を登る福島一課長はどこか嬉(うれ)しそうだった。

通常、臨場するのは警部補クラスまでである。警部から上の階級の警察官は管理職となるので、まず現場に行くことはない。

階段を上がると、小さな墓地があった。

まともな道は墓地で終わっていた。

先導する制服警官が踏み込んだのは、あまり歩かれていないような雰囲気が濃厚な枯れ草に覆われた道だった。

それほどの急坂ではないが、バランスをとるために注意深く一歩ずつ足を踏みしめて登らなければならなかった。

（しまった、まさかこんな場所だとは思わなかった）

いくら「働く女性の応援靴」といっても、屋外ではアスファルトやコンクリート以外は想定していないはずだ。トレッキングシューズではないのだから、グリップ力は当然ながらたよりなかった。土がむき出しになっているところで夏希は何度も転びそうになった。

臨場は、土日の旅行のような具合にはゆかないことをあらためて悟った。

夏の現場のように、冬でももっと活動的な服を着て、しっかりした靴を選ぼうと夏希はこころに誓った。

やがて傾斜がきつくなった。左にロープが垂らしてあるので、夏希は必死でつかまった。

レザーの手袋が汚れるが、背に腹は代えられない。うっかり足を滑らせたら、谷へ落ちて大怪我をしそうである。

樹間にぽつりぽつりと咲いているヤブツバキの赤い花を見て少しだけ勇気が出る。

頂上らしきところから右に折れてしばらく進むと、木々の間から青い海面が見えた。

「海が見える！」

　叫んだ夏希に先を歩く福島一課長の背中が笑いに震えるのがわかった。

　海の登場はあまりに意外だったが、殺人現場に不釣り合いな言葉を出した自分を夏希は反省した。

　登り始めて二十分ほど、最後の下りの途中から視界が広がった。

　そこにはかなり広い草原があった。目測だと幅が七十メートルほど、奥行きが三十メートルほどだろうか。枯れ草がかなり茂ってはいるが、山の中に急にこんな平地が現れたことが不思議だった。

　枯れ草をかき分けるようにして、私服捜査官と鑑識捜査員が、それぞれ七名ずつ動き回っていた。機動捜査隊員と、江の島署の刑事課、鑑識課の捜査員だろう。

　くたびれた薄茶色のダスターコートを羽織った捜査員が歩み寄ってきた。

「あれぇ、福島一課長じゃないですか」

　ちょっと長めの黒髪に四角い顔の四十男は、江の島署の加藤清文巡査部長だった。

　大きな声だったので、まわりの全捜査員が福島一課長に向けて気をつけをした。

　加藤はあえて大きな声を出したようだった。

「加藤、久しぶりだな。どうだ江の島署の居心地は」

「そうですね。住めば都ってとこですかね。景色はいいし、暇ですしね」

「おまえが湘南ボケしないうちに、横浜に戻してやるからな」

福島一課長は気の毒そうな顔で言った。

加藤は七月の事件で市民を救うために発砲をし、それが不適切だととられて異動になっていた。

「いや、結構気に入ってますよ」

「それならいいんだが」

「おっ、ドクターねぇちゃんまで臨場しているのか。ご苦労さん」

加藤は中指と人差し指をこめかみのあたりにあてて敬礼もどきの仕草を見せた。

「こんにちは。ちょっとご無沙汰（ぶさた）しちゃってます」

夏希は愛想よく微笑んで頭を下げた。

八月の事件で窮地に陥ったときに、加藤は生命（いのち）を懸けて夏希を救ってくれた。

あの事件がきっかけで仲よくなった加藤と石田、小川とは年末にも飲みに行った。忘年会のつもりだったが、それ以来会っていなかった。

この四人は日勤のポストなので本来は終業時刻には帰れるはずだが、全員の予定が合うことは年に数回しかない。とくに刑事の加藤と石田は激務をこなしている。

「ちょうどよかったよ。ちょっと前に司法解剖のためにホトケを運んでったんだ」

「ああ、さっき極楽寺坂で所轄のワゴンとすれ違ったよ」

「そうでしたか。現場にホトケがいるとノビちゃう先生が来たもんでね」

加藤は小さく笑った。

「何の話だ？」

福島一課長は首を傾げた。

「えーと、もう慣れたはずです」

夏希は笑ってごまかした。

「ま、いいや……。生駒さんはあそこでコンビニ弁当食ってたところを、背後から忍び寄った何者かに殴られたんですよ」

すぐ先の草の上に白いロープが人型にくねっていた。Ａの鑑識標識が置いてある。

このあたりは草刈りをしてあって、苦労せずに歩ける場所だった。

「頭がスイカみたいに割れててね。何発も殴っているけど、即死に近かったんじゃないかな」

加藤はうそ寒い声を出した。

夏希の背中にびびびと電流が流れるように悪寒が走った。

「凶器は木刀か何かだと思いますが発見されていません。犯行態様から見て、犯人は男か、女だとしたら、男並みに力が強いと思われます」

「予断につながるので言わなかったが、第一事案も男の可能性は高いと思っている」

福島一課長は慎重な捜査官なのだとあらためて感じた。

夏希は性別についてははっきりとした感触を持っていなかったが、男性であっても少しもおかしくはないと考えていた。

「ところで、課長、ほかにも遺留物は残ってますよ」

「何が残っていた？」

「実地で見てみますか」

「うん、わざわざここまで登ってきたんだからな」

海側の端に天に向かって枝を広げている大きな落葉樹が二本ある。見事な枝振りの左側のヤマザクラの近くに加藤は夏希たちを引っ張っていった。

「こいつが花火です」

十本近い玩具花火が並んで、黒く焦げた導火線が筒と筒の間をつないでいた。

「昨日の現場と同じく時限発火装置が付いているな」

左端に目覚まし時計が置いてあった。十センチ四方くらいの四角い時計で白い文字盤も黒い針も至ってオーソドックスなものだった。

「これだけ遺留品があれば、購入先から足は付くと思うんですけれどね」

加藤は考え深げに言った。

ただ、時間は掛かるに違いない。

「ちょっと現場観察してきます」

夏希は二人から離れて北側に進み草原の端近くに進んだ。

「おーい、あんまり海側へ行くなよ。断崖絶壁になってるぞ」

背中から加藤の声が追いかけてきた。

「わかりましたぁ」

手頃な平たい石に腰を下ろして現場観察に入った。

DMN状態から通常モードに入る。

目の前には素晴らしい景色がひろがっている。

左手には由比ヶ浜が大きく湾曲していて、まるで入江のように見える。

真正面には逗子マリーナが望め、その遠くには三浦半島が霞んでいる。

午後の陽差しを浴びた銀の水面はまぶしいほどに輝いている。

（なぜだろう……ここも……）

不思議なことに、夏希はこの草原にもステージを感じた。

ただ、本牧緑地と違って、目の前に観客席はない。

観客は鎌倉の海であり、空であり、三浦半島の低い山々だった。

じゅうぶんに観察を終えた夏希は福島一課長の立つ落葉樹のところへ戻った。

「あの、ちょっといいすか」

少し離れたところで、海を見ていた加藤が近づいて来た。

「なんだ」

「このコロシ、上では公安事案だと考えてるそうですね」

「そうだ。それで本牧の事案と合同捜査にしたんだからな」

「自分、どうも納得いかないんですよ」

細い目を見開いた加藤の眼差しは真剣そのものだった。

「どこが納得いかないんだ」

「いや、花火なんか上げるテロリストがいますかね」

「過激派組織の偽装工作と判断した」

「偽装工作って、ふつう逆でしょ」

「どういうことだ」

「いや、組織だったら、自殺に見せかけるとか事故を装うとか。要するに殺しじゃないように偽装するんじゃないんですかね」

「うむ……」

福島一課長は言葉を呑み込んだ。

「この場所だったら、ほら、あの崖から突き落とせばいいわけですよ。そんな風に事故を装ったら、我々だってそう簡単には見破れませんよ」

これこそ、織田への有力な反論だ。

「それを手間を掛けて殺害した上で、花火でわざわざ人に知らせるってのがよくわからないんですよ。おまけにあのへんてこなメッセージです」

「自分たちの正体は隠して、殺したことだけはアピールしたいんじゃないのか」

福島一課長の反論に強い説得力があるとは言いがたかった。

「イスラム過激派じゃあるまいし、国内の過激派なんて、もう何十年も犯行声明なんて出してないっすよね」

「イスラムのテロリストも視野に入れている」

「だったら、とっくに声明出してますよ」

「まぁ、個人的な怨恨の線も捨てているわけじゃないんだ」

福島一課長は歯切れ悪く答えた。

「わたしは加藤さんと同じ考えです」

「真田も賛成してくれるか」

加藤は嬉しそうに声を弾ませた。

「ええ。組織説とすると、あまりにも不協和音が多すぎると思っています。ただ、織田理事官に偽装工作なら事故を装うだろうって理屈で反論ができませんでした」

「また、あの理事官か……頭いいんだけど、大上段に構えるなぁ」

加藤は肩をすくめた。

「我々と違って天下国家を考えているからだろう」

福島一課長はぼそっとつぶやいた。

その後で、大きく咳払いをして言葉を継いだ。

「ま、彼は刑事じゃないからな。加藤とは物の見方が違うんだ」

「いや、捜査員によって物の見方が違うのはいいことなんですけどね」

加藤の表情からすると、皮肉ではないようだ。

「しかし、本牧の事案では、被害者の前職が公安調査庁の職員である上に、他人の部屋を暗視装置付きのカメラで盗撮をしていたかもしれないんだぞ。個人的な怨恨だけと考えるのは難しいだろう」

福島一課長は、本牧緑地の事案については組織説を堅持しているようだ。

「本牧の話についちゃ、俺はなんにもいいません。現場も見てないんだし、何かをいう資格もない。だけどね。こっちの事案についちゃ、個人的怨恨としか考えていませんし」

加藤は断固とした口調で言い放った。

「でも、ここの事案についての予告であるツィンクルの三つめのメッセージは、ジュードの持っているアカウントから投稿されています。二つの殺人は同一犯と考えるのが自然だと思います」

「そうなんだよなぁ。まず、同一犯なんだよな」

夏希の言葉に、福島一課長が戸惑いがちに口を開いた。

「まだ口にすべきじゃないかもしれないんだが……俺はね。この仏法寺跡の現場に来てみて段々、考えが変わってきたんだ」

「どういう考えになったんですか」

加藤は身を乗り出した。

「組織に所属する者が、個人的怨恨を晴らしたという考えだ」

「もうちょっと詳しく話してください」

「これはまだ憶測なのだが、たとえば犯人は公安調査庁の行き過ぎた調査で何らかの被害を受けた人間ではないだろうか。そのため、藤堂さんを恨んでおり、組織の意思とは関係なく暴走して殺害に及んだ」

「なるほど、折衷説ですね。組織がらみの動機だが個人的犯行ということですか。それなら、納得できます」

「たしかに……」

「第二事案の生駒さんについても、いまはわかっていない事情があるだけで、同じような構造を持っているのではないか」

「生駒さんも公安調査庁にからんでいるかもしれないってことですか」

「そうだ。公安機関は、どこでもヒューミントと呼ばれる人を媒介とした調査活動を行っている。場合によっては調査対象組織内にエージェントと呼ばれる協力者を得ている場合もある。エージェントは組織側から見れば裏切り者だが、同時に個人的な恨みを買っていることもあり得る」

福島一課長は淡々と言葉を紡いだ。

夏希の考えとも矛盾はしていなかった。

「課長、さすがっすね。それなら全部が説明つきます」

加藤は白い歯を見せて笑った。

「いや、しかしこれは仮説に過ぎない」

福島一課長はあくまで慎重だった。

「課長、捜査方針を変更してください」

「黒田刑事部長と織田理事官が納得するかどうかだな」

加藤は気負い込んだが、福島一課長は気難しげな顔を見せた。

「そこは現場を知り抜いている課長の力でなんとか」

加藤は真面目な顔で頭を下げた。

捜査一課長の椅子にキャリアが着くことはない。経験豊富で飛び抜けて優秀な叩き上げの捜査官から選ばれる職なのである。エリートには違いないが、キャリアの黒田刑事部長や織田理事官、小早川管理官とはそもそも警察官としての来し方が違うのだ。

「おい、加藤。おまえ変なもの食ったんじゃないのか」

福島一課長は親しげに加藤の肩を叩いた。

「何言ってんですか。マジに言ってますよ」

「俺自身が、もう少し考えを詰めてみることにするよ」

「頼んます。捜査員の数にも能力にも限りがあることは課長も痛いほどわかってらっしゃると思います。少しでも筋のいい方向へ捜査を引っ張らなきゃ……ところで、さっき、真田、海見てただろ。観光してたのか？」

加藤はからかっている。機嫌がよいのだろう。

「仕事してたんですよ。現場観察です」

「へぇ。観察ねぇ」

「現場から犯行の漠然としたイメージをつかむんです。ここで何が行われたのか。犯人はどんな気持ちで犯行に及んだのかを考えるんです」

「真田がやっている現場観察って刑事が現場で心証つかんでるのと同じことですよね」

法律用語の心証とは裁判官が証拠に対して抱く価値判断だが、刑事たちは事件に対する直感を指しているようである。

「たしかに刑事には現場百回って言葉があるな」

「もちろん、現場に行くのは、観察を繰り返して見落としを防ぐのがいちばんの目的です。でも、犯行現場全体のイメージをつかんで犯人の気持ちに立とうとすることは必要ですよね」

「そうだな。想像に頼っての捜査は許されんが、刑事にとって想像力はとても重要な能力だ。想像力の乏しい人間はいい刑事にはなれない」

「我々は注意力がないから、なかなかイメージつかめませんけど、それを真田は頭いいから一発でやってるだけなんだね」

加藤の言葉に夏希は照れた。

「そんなにうまくいくとは限りませんが……」

「ところで、俺は被害者の自宅に残された遺品を見てみたいんすよね。動機につながる何かが見つかるような気がするんですよ」

「さっさと行ってくればいいだろ。この近くだと聞いたぞ」

「行ってきましたよ。被害者は離婚していて借家に一人暮らしなんですよ。ところが、裏に住んでる家主が弁護士のじじいなんですけど、変人でね」

加藤は唇を歪めて笑った。

「変人とはどういう意味だ」

「遺族以外には荷物は触らせない、帰れって言い張ってるんですよ」

たしかに居住者が死亡している以上、家主が拒めば家宅捜索には令状が必要となる。

「そいつは厄介だな」

「弁護士だけに警察嫌いらしいんです」

「おまえが嫌われるような態度取ったんじゃないのか」

「あ痛たたっ」

加藤は冗談めかして首をすくめた。

「いや、そんなことありませんよ。ちゃんと下手に出て頼みましたよ」

「捜索差押許可状がいるな。ちょっと時間が掛かる」

「じゃあ、令状とってくれるんですね」

「いま手配する。明日は無理かもしれん」

福島一課長はコートのポケットからガラケーを取り出すと、どこかへ電話を掛けた。しばらく状況を説明するやりとりが続いた。

福島一課長は電話を切って加藤に言った。

「本部に残っている奴に言ったら、すぐに疎明資料作りに取りかかるそうだ」

「感謝します」

加藤は両手を合わせた。

「実はね。被害者宅の近所は少し聞き込みして廻ったんですよ。昼間だし、話聞けたのは三軒なんですけどね」

「成果はあったか」

「被害者が近所づきあいに問題がなかったってことだけですね。ゴミもきちんと出すし、騒音も出さない。隣の婆さんなんかにはずいぶん愛想がよかったみたいです。で、その婆さんがいうには、春から秋の天気のいい日はこの仏法寺跡に毎日のように来ていたみたいです」

「散歩か？」

「本人は運動不足解消と思索のためだって言っていたみたいです。たしかにいい場所ですよね。静かで海がきれいだし……。夏は草深くて虫が多そうですけれど」

「俺の家の近所にこんな場所があったら、やっぱり散歩するだろうな。鎌倉に住むなんてのは夢のまた夢だけどな」

福島一課長がどこに住んでいるのかは知らないが、横浜の中心地近くなのかもしれない。

「まぁ、この地区の所轄にいると、渋滞は多いし、高慢ちきな住人が多くて住みたいとは思わなくなりますけどね。ともあれ、ここは道が悪いんで観光客もほとんど来ないんだそうです。ちょっと調べたら大正時代には公園があって遊びに来る人も多かったらしいんですが、関東大震災で被害を受けた後はほとんど放りっぱなしになっているようです。史跡の指定を受けているので、市役所関係の人間と歴史マニアみたいな連中がごくたまに登ってくるだけみたいですね」

「ところが、生駒さんはここへしょっちゅう来ていたんだな」

「そう。生駒さんを見張っていれば、いずれそのことには気がつく。だから、犯人は容易にあとを付けることができたわけです」

夏希はあることに気づいた。

「共通点を感じます」

「なんだ。真田、言ってみてくれ」

福島一課長が促した。

「藤堂さんも生駒さんも自分が殺されるなんて夢にも思っていなかったということです。だから、藤堂さんは深夜の本牧緑地で写真を撮っていられた。生駒さんは誰も来ないこんな山の上に毎日のように散歩に来ていた」

「たしかにそうだ。背後に忍び寄る人物がいるとは考えもしなかったってことだ」

「なるほど、これも組織説を否定する根拠になりそうだな」

加藤も福島一課長もうなずいた。

「生駒さんは声も出さずに亡くなったかもしれない。でも、この草っぱらは、ちょっとやそっと叫んでも誰にも聞こえませんよ。実際に通報は花火の音を不審に感じた崖下の住人によるものでした。もし、自分の身に危険が迫っているなんて感じていたら、こんなところに一人でのこのこやってきたりしなかったでしょう」

「おっしゃる通りだと思います」

　この加藤の言葉に夏希は完全に賛同した。

　コートも手袋も汚れ、靴にも細かい傷ができたが、現場までやって来た収穫は少なくなかったと夏希は感じていた。

「ところで、この現場には所轄のクルマで来たんですか」

「ああ、本牧署のパトカーで来た。上で待っている」

「そのクルマ、江の島署に廻しちゃってください」

「送ってくれるのか」

「ええ。どうせ署に戻るんですから。ついでに聞きますけど、課長、腹減ってませんか」

「減ってるさ。昼を食ってなかったからな」

「捜査会議六時からです。飯食っていきませんか」

「ああそうだな。真田はどうだ」

「実はペコペコです」

ジュードからのアクセスは気になっていたが、小早川からの連絡はなかった。

こちらからの語りかけは、夕方からの仕事にしよう。腹が減っては軍はできぬ。脳を活発にするためには、ブドウ糖が不可欠である。

「じゃ、決まりだ」

加藤はどこかウキウキした調子でいうと、大きな声でまわりの捜査員に声を掛けた。

「福島捜査一課長と科捜研の真田警部補がお帰りだ」

捜査員たちはいっせいに気をつけをした。

帰りの山道も苦労した。数日間、晴天が続いていたことを夏希は神に感謝した。もし、雨のあとだったら、滑って泥だらけになって目も当てられない格好となっただろう。

墓地の横の階段を下りると、加藤は江ノ電沿いの坂道を切り通し方向へ登り始めた。

「すんません。この坂の上のほうにクルマ停めてるんですよ」

「いいさ。少しは歩かないと身体によくない」

福島一課長は腰のところに手を当てていった。

「管理職なんてのは座ってばかりだから、腰悪くなるんじゃないんですか」

「まったくだ。だけど、俺が加藤くらいの年頃んときは毎日毎日、それこそ嫌になるくらい歩き回っていたよ」

「靴のかかと、しょっちゅう取り替えてたんじゃないですか」

「そうそう。ズボンの股のところがすぐにすり切れて、よくカミさんに文句言われたよ」

「文句いう人がいるだけ幸せってことですかね」

大ベテランとベテラン、二人の刑事の会話っていいなと夏希は思った。

坂を登り切ったところで、左に曲がって切り通しへの道と別れた。

擬宝珠のついた赤い欄干の小さな橋を渡っていると、緑とアイボリーに塗り分けられた四両編成のかわいい電車が真下を通り過ぎてゆく。

「へぇ、あれが江ノ電かぁ」

「珍しくなくなったね。腰越や七里ヶ浜あたりで毎日見てるからね」

加藤はさして関心がなさそうな口調で答えた。

狭い道の右手には格子戸が目立つ小さなお堂なども見えて、のどかな雰囲気の道だった。

いくらも歩かないうちに立ち止まると、加藤は中華料理と白抜きされた赤いのれんの下がった店の扉を開けた。

昔ながらの町の中華屋さんという感じのお店である。中途半端な時間のためかほかに客はいなかった。

夏希たちは二つしかない四人掛けのテーブルの奥の一卓に座った。

「真田はラーメンとか食わないよな。カレーライスもあるぞ」

「え……あたしラーメン大好きですよ」

「本当かよ」

「だって函館人ですよ。函館は札幌、旭川と並んで北海道三大ラーメンの地ですから」

透明な塩味スープに、中太麺の組み合わせは函館ラーメンの特徴である。もっとも地元の人間は「函館ラーメン」と呼ぶわけではない。単にラーメンである。

加藤は福島一課長には確認もせずにラーメンを三つと餃子を二枚頼んだ。

「真田は、イタリアンとかフレンチとか、ああいう洒落たもんしか食わないと思っていたよ。ほら、夏の事件の時の茅ヶ崎の店でもいろいろと詳しかっただろ」

「何言ってるんです、加藤さん。小さい頃からラーメン大好きです。函館はいろんな美味しいものがありますけど、高級からB級までいろいろですよ」

「石田のヤツは女の子に受けたくて、アンティパストだの、ドルチェなんとかだの、そんなのよく研究してるんだ。俺もちょっとは見習おうかと思ってるんだけど」

「似合わなすぎですけど……」

夏希は正直に言わざるを得なかった。

石田がここにいたら「加藤さん、冗談は顔だけにしてくださいよ」とでも言いそうだ。

「ほんとだよ。このすぐ近くの海沿いにある『アマルフィ』という店にでも案内しようかと思ったんだけど、課長が一緒じゃね」

「俺は何でもいいぞ」

「やめときましょう。店の雰囲気が壊れますよ」

「加藤に言われたくない」

加藤が石田を見習おうというのは単なるギャグなのか、それとも何かしらの心情の変化なのだろうか。少なくとも以前はこんなことを口にする男ではなかった。

採用時の所轄研修の時に強盗事犯の捜査につきあわされたのが加藤との初対面だった。ろくに口も聞いてくれず、ただただ感じの悪い刑事にしか見えなかった。

ともに捜査に携わって、職務に誠実で熱い心を持つ加藤の姿が見えてきた。八月の事件では生命（いのち）を懸けて夏希を救ってくれた。犯人と対峙した勇気ある力強い姿には心惹かれた。だが、加藤の素っ気なさが、夏希の気持ちをそれ以上、加藤に向けさせなかった。

ある程度、自己をアピールしてくる男に興味を持つ傾向があることを、夏希は自覚していた。

夏希は職務を離れた加藤のことをなにも知らない。

取っ付きにくいところのある加藤の日頃の態度が距離を遠ざけているのだ。

たとえば、加藤は家庭を持っているのだろうか。四十代半ばで服装などには少しも構わない加藤だが、あまり生活臭というものを感じさせない。

目の細い四角い顔はイケメンというタイプではないが、鼻筋は通って顔立ちは悪くなかった。加藤のような素っ気ない男を気に入る女性も少なくはない。若い頃はモテたとしても不思議はなかった。

加藤ばかりではないが、この職場の同僚たちはほとんど家族の話をしない。小川ですらそのプライベートをよくはわかっていないのだ。

警察という職場にいる身の回りの男たちのことをもっと知るべきなのではないか。

福島一課長と談笑する加藤の横顔を見ながら、夏希は考えていた。

醤油（しょうゆ）のいい香りがして、呉須（ごす）で龍（りゅう）を描いた三つの白い丼（どんぶり）が来た。

いくぶん濁ったスープは昔ながらの東京ラーメン風だった。函館ラーメンよりは細めの縮れた黄色い麵の茹で加減はちょうどよかった。

餃子も昔ながらの味で夏希の空腹はすっかり満たされた。これで捜査会議にもバッチリ臨める。

店を出て橋の方向へ戻った隣がコインパーキングになっていた。

「鎌倉はとにかく道が狭いんで、違法駐車なんてしたら、あとでなに言われるかわかんないんですよ」

ブルーメタリックのトヨタ・アリオンが加藤の覆面パトカーだった。5ナンバーの小ぶりなセダンである。

夏希と福島一課長が後部座席に座ると、クルマはすぐに前の通りに出た。

「極楽寺駅から稲村ヶ崎駅へ続く道はすごく狭いんですよ。江ノ電とクルマの接触事故が起きたこともあるくらいなんですよ。なので、切り通しから坂ノ下を回って一三四号に出たほうが早いです」

加藤は橋を渡ると左へ曲がって極楽寺坂を下り始めた。

「ところで、加藤おまえ、ワガママなんで相方と組ませてもらえないのか」

「冗談言わないで下さいよ。二十六の若僧と組まされていますよ。そいつが風邪引いてダウンしちゃったんで今日は一人なんですよ」

そんな会話を聞いているうちに、夏希はふと気づいた。

「加藤さん、さっきの仏法寺跡の現場を下から眺められる場所ってないですか」

「見えるよ……仏法寺跡がある丘陵地帯を霊山山っていうんだけど、坂ノ下のなんとかっていう老人ホームあたりが真下になるだろう」

「そこへちょっとだけ寄り道してもらえませんか」

「いいよ。ちょっと裏へ入るだけだ」

「課長、よろしいでしょうか」

「ああ、捜査会議まではまだまだ時間がある」

クルマは国道一三四号線に出て海岸沿いを江の島方向へと進んだ。ゆるやかな左カーブが始まるところで、加藤は右斜めの道へと入っていった。

細い道をまっすぐに進むと、フロントガラスの向こうに霊山山と思しき草に覆われた崖が見えてきた。かなりの築年数が経っていると思われる大きなマンションを過ぎると、Y字路があって、右の道は霊山山へと登っている。

「右の道は霊山山の中腹を斜めに登っていて、上の新興住宅地に出るんだけど、極楽寺駅のほうには通り抜けできないし、仏法寺跡にも行けないんだ。鎌倉ってのは行き止まりがやたらと多い町でね」

左の道を選ぶとすぐに直角に近く左へ曲がっていた。加藤はクルマを停めた。

「この真後ろがちょうど仏法寺跡だ」

「少しだけ降りさせて下さい」

夏希は返事を待たずにドアを開け、道の端に立って霊山山を見上げた。

すでに太陽は崖の向こうに沈み、左右に伸びる草に覆われた崖は光が当たっていなかった。さっきの道が右から左に斜めに横切って丘陵上へと登っている。

同じような断崖が続くなかで、仏法寺跡はすぐにわかった。

ヤマザクラの枝が天に向かって伸びていたからである。

（やっぱりステージだ……）

下から見てもあの現場は、やはりどこか舞台を感じさせるものだった。

「お待たせしました」

「現場観察できたか」

福島一課長が窓の外を眺めながら訊いた。

「はい、ここへ来てもらってよかったです」

「クルマ出すぞ」

「ありがとうございます」

クルマは真っ直ぐに国道へ出た。

真正面に見える逗子マリーナにも灯りが点っている。

江ノ電の線路沿いに江の島へ向かうと、海辺はどんどん暗くなっていった。

「きれい！」

夏希はフロントガラスにひろがる景色に小さく叫んだ。

夕空があかね色に染まり、遠景には濃紺の稜線が続いている。長く裾を引いた富士山がくっきりと存在を主張していた。

左手には江の島が見える。

ライトアップされたシーキャンドルが銀色に輝いてそびえ、右手の海上に延びた江の島弁天橋にはナトリウムランプが点々と点っている。

（モン・サン＝ミシェルみたいだ）

大学院生のときに見たフランスの世界遺産を思い起こさせる。

かつて凄惨な殺人が行われた場所とはどうしても思えなかった。

午後六時ちょうどに捜査会議は始まった。

八月の事件で捜査本部が置かれた四階の会議室が充てられていた。

列席した幹部は福島一課長と江の島署長だけだったが、捜査員は三十人くらい参加していた。五十代後半の江の島署長は夏の時と変わっていなかった。

夏希は最前列のテーブル席に座らされた。

福島捜査一課長が全体を見渡して口火を切った。

「本事案と昨日の『海員生協本牧店横の緑地』における殺人事件は、同一犯によるものと考え、二つの捜査本部を合同捜査本部というかたちで設置することになった。なお、昨日の被害者である藤堂高矢さんの前職が公安調査庁であることから、動機は過激派テロ組織によるものと個人的怨恨(えんこん)によるものとの二つの可能性を考えている。県内ではまれに見る連続殺人事件であり、犯人がさらなる犯行に及ぶ可能性も憂慮される。全捜査員、力を尽くして、一日も早く犯人を確保してほしい」

福島一課長は「折衷説」には触れなかった。黒田刑事部長や織田理事官に同意を得るまでは発表すべきでないと考えているのだろう。

夏希の右隣に座った江の島署の五十代の刑事課長が事件の概要を説明した後に、捜査状況の説明を求めた。

「まずは、鑑取り班だ。被害者の職場関係はどうだ？」

江の島署の若い捜査員が立ち上がった。

「被害者の生駒一郎さんは大手門大学法学部では一番若い教授ですが、同僚の教授たちや大学の職員にも評判がよく、年齢が若いこともあって学生たちにも慕われていたようです。とくに敵対する人物の話も聞くことはできませんでした」

続いて、三十代半ばの私服捜査員が説明を始めた。

「奥さんとは八年前に離婚し、子どもはいません。奥さんの八王子の連絡先に知らせたのですが、新しい家庭を築いているようで、迷惑がられました。遺体の引き取り手は出身地の埼玉県に住む生駒さんの両親にするように言われました。が、生駒さんの父親は現在、入院中です。また、女性関係など、とくに怨恨の線を裏付けるような情報は現時点では入っていません」

江の島署の刑事たちもなかなか優秀だ。今日の午後の時点でこれだけの情報を集めてくるのだ。

「続いて地取り班だ」

加藤が立ち上がった。

「現場付近はもちろん、霊山山への登り口にも防犯カメラはありません。極楽寺は人気の観光地ですが、冬の平日であったこともあって、観光客は少なく、いまのところ犯人と思われる人物の目撃証言はとれていません。生駒さんは自宅から徒歩で現場に行っていますが、山道に入った時点での目撃者も見つかっていません。なお、現場へは本来のルート以外に成就院という西側に建つ寺院から上るルートがあります。私有地を通るのですが、もし、犯人がこちらのルートから現場に入って生駒さんを待ち伏せして犯行に及び、このルートから逃亡したとすれば、目撃証言を得ることはさらに難しいと思われます。成就院の関係者にはあたりましたが、目撃した人はいませんでした。ついでに……近隣住民にも話を聞きましたが、日常生活の中で、生駒さんにとくに問題のある行動は見られなかったようです」

加藤は座った。

「とまぁ、問題のない人物像が浮かび上がってきたわけだが、鑑識の報告を聞こう」

四十代後半と思しき現場鑑識作業服の鑑識課員が立ち上がった。

「現場の遺留物は第一に時限装置付きの花火で、インターネット等で製作方法が公開されている非常に簡単なものです。目覚まし時計は本牧の現場で使われたものと同一製品ですが、全国の100円ショップで広く売られている製品です。花火は十本、これも本牧の現場と同じ種類で、一緒に購入したものと思量されます。凶器は発見されていません。被害者の遺留品はコンビニの『いろどり幕の内』弁当とペットボトルの緑茶です。ともに半分くらい飲み食いされていました。五人分のスニーカー等と思われる足跡が発見できましたが、草地のことなのでどれも不明瞭です。ここ数日雨が降っておりませんので……。加藤巡査部長が指摘した別ルートは今日は捜索しておりませんので、明日、そちらのルートから、ふたたび、霊山山に入って証拠収集する予定です」

「地道な聞き込みと証拠収集こそ犯人に迫るいちばんの近道だ。今後、鑑取り班は生駒さんが政治運動等を行っていなかったか、政治・宗教団体と関わりを持っていなかったかについても重点的に捜査を進めてほしい。なお、捜査一課から十名を捜査に参加させた。江の島署の刑事課捜査員とコンビを組んでほしい。組み合わせについては……」

「わたしがやります」

江の島署の刑事課長が答えた。

「頼みます。今日はいったん本牧署に引き揚げるが、明日も江の島署に顔を出す予定だ。些細な情報でもわたしか本牧署に連絡を入れてほしい。以上」

福島一課長が、あいさつを終えると、刑事課長による組み分けが始まった。

「真田先輩、お元気そうっすね」

黒いスーツに身を包んだ捜査一課の石田三夫巡査長がニヤニヤしながら、夏希に声を掛けてきた。

「江の島署、遠いから大変だね」

「いいんですよ。捜査一課は全県が仕事場ですから。それよりねぇ……加藤さんと組まされちまいました」

「なんか不満があるのか」

加藤がすごんで見せた。

「不満なんてとんでもない。加藤さんの仕事ぶり、しっかり勉強させて頂きます」

「本音で言ってるのか」

「もちろん、本音ですよ。僕だっていつ何どき、江の島署みたいな田舎署に飛ばされるかわかりませんからね」

「おまえ、いちいち感じ悪いな」

「おや、そうですか」

石田はぺろっと舌を出した。この二人はなんだかんだ言って仲がよい。

福島一課長が歩み寄ってきた。

「真田、いったん帰って織田理事官や管理官たちと捜査方針について協議をしたいのだが、一緒に戻るか」

「はい、帰りたいです」

「よし、じゃあすぐに戻るぞ」

小早川管理官からの連絡はなかった。あれ以来、ジュードは沈黙している。

結局、今日のところは、小早川からもらったUSBメモリを使う必要はなかった。

「明日も来いよ」

「待ってますよぉ」

加藤と石田に送られて、夏希たちはエレベーターに乗った。

往路で乗せてもらったパトカーが駐車場で待っていた。

藤沢バイパスから横浜新道を通り、湾岸線という行きとは違うルートで、パトカーは八時前には本牧署に戻ってきた。

捜査本部には、出てきたときと同じように、織田理事官と二人の管理官のほかは、数名の捜査員しか残っていなかった。

がらんとした雰囲気に、こちらでも捜査が進展していないことを感じざるを得なかった。

「お疲れさまでした。アリシアが第二現場からも銀の十字架を発見しましたよ」

織田理事官が声を掛けてきた。

「やはり、十字架がありましたか」

「どんな意味をもつものなのでしょうね」

「ゆっくり考えてゆきたいです」

「ところで、ビューコート小港に監視団体関連の居住者が確認できました」

「へぇ、どこの団体ですか」

「かがやきの輪の信者である五十二歳の女性と革青協に所属する七十二歳の男性です」

夏希はまったく期待していなかったが、織田も期待しているようには見えなかった。

そろそろ組織的犯行の線は捨てた方がよいのではないだろうか。

「織田さん、課長が素晴らしいお考えを話してくださいました」

「課長、話してください」

織田理事官が急かすと福島一課長はゆっくりと話し始めた。

「いや、憶測に過ぎないのですが、たとえば犯人は公安調査庁の行き過ぎた調査で被害を受けた人間であって、そのために藤堂さんを恨んでいて、組織の意思とは関係なく暴走して殺害に及んだという考えも成り立つように思うのです」

「なるほど。傾聴に値するご意見ですね」

織田の表情ははかばかしく変わらなかった。

詳しい説明を福島一課長はしようとはしなかった。機会を見て説得するしかないと夏希は思った。

「真田さん、成果はありましたか」

織田がかすかに笑みを浮かべて夏希を見た。

「仏法寺跡の現場でも本牧緑地と同じ印象を持ちました。両方ともステージを思わせる場所と感じました」

今度こそ現場観察の結果を、はっきりと織田に伝えるべきだと夏希は考えていた。

「ステージですか？」

織田はけげんな顔で聞き返した。

「第一、第二とも、犯行現場は野外劇場のような地形でした。犯人は誰かに向けて、自らの犯罪を演じて見せているのかもしれません」

「第一現場はビューコート小港やみなと赤十字病院など、観客席に該当する場所がありそうですね。しかし、第二現場は違います。グーグルアース等で地形を確認しましたが、そのような建物等は存在しません」

「犯人は実在する人間ではなく、観念的な観客を想定してるのかもしれません」

「雲をつかむような話ですね。捜査資料にあった仇討ち説ですか……わたしには突飛に過ぎるように感じられます。また、監視団体との関わりも見えてきません」

織田は気難しげに眉を寄せた。

「たしかにおっしゃるとおりです。ですが、ジュードの情緒的なメッセージと併せて考えれば、犯人像が浮かび上がってくるかもしれません」

「やはりわたしには、現場を選んだのは犯人側の個人的な事情ではないように思いますね。第一現場も第二現場も単に人気のない時間と場所を選んだだけだと考えています」

「もちろん、その可能性は大いにあります。しかし、花火や十字架などの説明がつきません。儀式的行為の色合いが濃いと思います」

「傾聴に値するご意見ですが、いまの段階では個人的怨恨説には根拠が希薄だと思います。警察庁もテロ事案として把握しています」

「まだ、すべてを偽装工作とお考えなのですね」

「おっしゃるとおりです」

取りつく島もない織田の答えだった。

不毛な議論に夏希は疲れてきた。

何をどう主張しても織田や上層部は、組織による犯行という説を崩そうとしない。

夏希は口をつぐんだ。

講堂を気まずい空気が支配している。

「真田さん、あれ以来、ジュードからのアクセスはありません」

小早川管理官がとりなすように、目の前のノートPCへあごをしゃくった。

「そうですか……」

夏希は肩を落とした。

「相変わらずIPアドレスは辿れていません……」

小早川管理官は渋い顔つきで口を尖らせた。

「もう一度、呼びかけてみます」


——ジュードさん。わたしね、今日、仏法寺跡に行ってきたの。あなたの悲しみは誰かに伝えたいものだと確信しました。だから、悲しみのわけを教えて。


しばらく待っても反応はなかった。

夏希はあらためて、ジュードのメッセージを思い返していた。

いままでの、どのエピソードからも、個人の深い悲しみがにじみ出ているように思えた。

「織田さん、組織に関わりのある人物ということは否定しません。でも、いままでのメッセージと残置物をすべて偽装工作として考えるのは危険だと思います。福島一課長のおっしゃった折衷説を検討して下さい」

「組織が特定できれば、実行犯の動機はおのずと明らかになります」

織田の言葉はにべもなかった。

「順序が逆なような気がしますが」

「どういうことですか」

「動機を持つ人物を調べてゆけば、組織も特定できるということです」

だが、織田の表情は変わらなかった。

「組織の特定が最優先課題です」

「でも……」

夏希は食い下がろうとした。

「組織に関連した犯行だというのは、本庁の方針でもあります」

なるほど、織田の個人的な見解ではなく、警察庁はテロ事案と断じているのだ。

さらに愛想のよい笑みを浮かべて織田は言葉を継いだ。

「真田さん、お疲れさまでした。今日はお引き取りいただいてかまいません」

個人的怨恨説を主張し続ける夏希を、織田は邪魔だと感じ始めたらしい。

ムッときたが、いま捜査本部を離れることにはためらいがあった。

「ジュードからのメッセージが気がかりですが……」

「さすがに今夜はジュードを称する犯人もおとなしくしているでしょう」

織田は笑顔を絶やさぬまま答えたが、アクセスがないとする根拠は希薄だと言わざるを得ない。

「真田、今日はもう帰れ。休んで頭の状態を最高潮にしてくれ」

福島一課長が言い添えた。

この場の誰もが、夏希と織田の議論をハラハラする思いで眺めていたのだろう。

「真田さん、さっきお渡ししたUSBメモリーは自宅のPCでも使えます。こちらから連絡入れたら、自宅でアクセス環境を作って下さい」

小早川の言葉で踏ん切りがついた。

いまは夏希の役割は果たせそうにない。勤務時間はとっくに終了している。

「了解しました。帰ります」

胸にいくぶんのむなしさを抱えながら、夏希は講堂を後にした。

エレベーターを降りてからタクシー会社へ電話を入れた。頃合いを見て駐車場へ出ると、潮の香りに混じって冬の夜の匂いがした。

冬の匂いなどの季節の匂いは、たとえば梅の花の香りのように誰もが同じように感ずるものではない。が、決して文学的な表現ではない。

冬の匂いは個々人の過去の冬の記憶に基づいた匂いなのである。

触覚、視覚、味覚、聴覚などの情報は、大脳新皮質を経由してから記憶を司る大脳辺縁系へと伝わる。

これに対して、嗅覚で得た情報はそのまま大脳辺縁系へと伝わるのである。そのため、冬に嗅いだ湿度の変化による地表が発する匂いや枯葉の匂いなどの複合的な匂いは、皮膚などが感じた寒さとともに強く記憶に焼き付く。

大脳辺縁系は、自律神経を司る視床下部との神経伝達が盛んなために、俗に「感じる脳」とも呼ばれる。

従って、それぞれの個人が過去に経験した寒さと密接に結びついた匂いを嗅覚が感じ取ると、大脳辺縁系から視床下部に神経伝達物質が運ばれ、人間は全身で寒さを感ずるのである。

要するに、個人の過去の経験によって、冬の匂いと感ずる匂いは違うことになる。

いまの夏希が感じた冬の夜の匂いは、夜露に濡れた湿っぽい枯れ葉の匂いが中心のような気がした。駐車場を取り巻く落葉樹の落ち葉の匂いなのだろう。

タクシーに乗り込んだ夏希は、どこか虚ろな気持ちを抱えて、流れゆく街灯を眺めていた。

第四章　銀の十字架

【1】@二〇一八年一月十五日（月）夜

横浜駅に着いてもまだ八時四十分だった。

いつものように、横浜駅東口のポルタに立ち寄り、『ポルコ・ロッソ』で夕飯の惣菜を買うことにした。

（緑の二十七品目イタリアンサラダにしようかな）

新鮮な野菜がたっぷり使われていて、素朴なドレッシングが美味しい。

「真田先生！」

サラダを見ていると、背後から声を掛けられ、夏希は飛び上がりそうになった。

振り返ると、赤いスカーフをあしらった古典的な紺色のセーラー服を着ている少女が立っていた。

「菜月ちゃん？」

夏希は驚きの声を上げた。

「よかった。会えた」

いきなり両手を前に伸ばしてきたのは、昨日、グリーン車で会った本間菜月だった。

「ずっと待ってたの」

菜月は夏希の両手をとった。

「どうして、わたしがこのお店に来るってわかったの？」

「先生から頂いたイタリアン・ドロップ、とっても美味しかったです」

夏希はいたずらっぽく笑った。

「あ、そうか。あれ、このお店で買ったんだもんね」

菜月は大きくうなずいた。

「そうなんです。ネットで調べたら、あのドロップ、横浜ではこのお店でしか売ってないんです。先生、横浜だっておっしゃってたから……」

「でも、いつも横浜駅を通るって話してなかったよね」

はにかむように菜月は笑った。

「あれから先生に会いたくて会いたくて。どうしていいかわからないから、このお店で待ち伏せしてたんです」

待ち伏せとは穏やかではないが、菜月がいうとかわいい。

「ありがとう。連絡先を教えとけばよかったね」

「いいえ、ちゃんと会えましたから」

「でも、とっくに八時過ぎているし、おうちのほうは大丈夫なの？」

どこに住んでいるのかはわからないが、高校生は十一時前には家に帰ったほうがいいだろう。

「平気なんです。今日も八時まで予備校だったし、前は十時までの講座も受けてましたんで、親も心配してません」

「ずいぶん遅くまで勉強してるのね。おうちはどこなの？」

「真鶴(まなづる)です」

「えー、遠いね。どれくらいかかるのかな」

「横浜から一時間くらいです。駅までは父が迎えに来てくれるんです」

ご両親に大事にされている娘さんなのだろう。

「ジェラートでも食べようか」

夏希は隣のレストランを指さした。

この店にはレストランが併設されている。昨日、夏希がパスタを食べた店だった。

「あ、はいっ……あっちに席とってます。っていうか、カフェラテ飲みながら勉強してたんです」

菜月は先に立って、レストランに入っていった。

ジェラートを二つ頼んで、見覚えのある帆布のディパックが置いてある席に向かう。

「高校も横浜？」

椅子に座るなり、夏希は訊いた。

「フェリスです。一時間半くらい掛かるんですけど、学校、石川町からすぐだから」

山手にある有名なお嬢さん学校である。どうりで制服に見覚えがあったはずだ。

「あ、フェリスだったんだ……試験、どうだった？」

いちばん気になっていたことを夏希は訊いた。

「まぁ、なんとか頑張れました。先生のおかげです」

菜月の顔は自信に満ちていた。

「そう。よかった」

「好きな音楽聴いたんで、リラックスして試験受けられました。いいアドバイスありがとうございました」

「意外と効くでしょ」

夏希が片目をつむってみせると、菜月は明るく笑った。

「はい、ほんとに効きました。二月の終わりに小論文と面接が残っているんです。AO入試なんです。あとひと月半、音楽聴いて頑張ります」

「目指しているのは何学部なの？」

「医学部です」

ここにもつらい道を歩もうという女子がいた。頼もしく感ずるとともに、気の毒にも感じた。

「へぇ、びっくり。湘南工科大っていってたから理工系かと思ってた」

「受験してるの杏林大学なんです。書類選考に通ったんで、センター試験受けなきゃいけなくて」

「湘南工科大学が会場だったのね」

「フェリスって緑園に大学のキャンパスがあって、センター試験の会場にもなってるんです。でも、遠いんで、自宅からいちばん近い湘南工科大が指定されたみたいです」

「そうか。西湘地区には会場がないのか」

「平塚の東海大学も会場なんですけど、そっちのほうが遠いかも」

「なるほど。ところで、医学部系って予備校も独特のコースだね」

夏希も高校生の時には、医学部受験予備校に通った。

「だから予備校も、友だちとは一緒の時間の講座を受けられなくて。小論文も面接も大学ごとに傾向が違うから、個別指導受けているんです」

そうか、だから彼女は、こんな時間に横浜に一人でいるのだ。

「いろいろと大変な道だけどね」

「真田先生みたいなお医者さまになりたいなぁ」

菜月は真面目な顔で言った。

「わたし……なんで？」

「患者さんにとてもやさしい先生だから。それにあたし、先生のおかげで救われたんです」

「わたしはそんなたいした医師ではないよ」

精神科の臨床医としてクライアントの人生を抱える仕事がつらくなって、逃げ出してしまった夏希としては返事に困る。

だが、高校生の夢はこわせない。夏希はそれきり黙った。

「今日、待ち伏せ初日なのに先生に会えた。本当は朝からずっと泣いていたの」

　菜月は眉をきゅっと寄せた。

「なにか悲しいことがあったの？」

「これ……」

　差し出されたスマホには、あるブログのページが映し出されていた。

　──かねて病気療養中だったユリミファですが、一月十二日の早朝、天国に向けて旅立ちました。いままでユリミファを応援して下さった皆さまには心より感謝申しあげます。

「あの……これって……」

「そうなの。あたしが大好きな歌手なの。亡くなってたんだって」

「たしか、グリーン車でも言ってたよね」

「一年くらい前から大好きだったんです。こんな子だったんです」

　白抜きの背景に十八、九歳くらいの女子がバストアップで写っていた。

　ライトブラウンの髪をハイシニヨンにまとめている。

卵型の輪郭にかたちのよい顎が目を引く。

アンバランスに大きい両の瞳はどこか愁いの色を含んでいる。

鼻は低いが、ふんわりと大きな唇は精力的なキャラを感じさせ、独特のつよいオーラを発している容貌であった。

この子が今はこの世にいないとはとても信じられない。

「これね、ユリミファの公式ブログなんだ」

菜月はブログのほかのページを見せた。


——ユリミファが最後に見ていた景色です。


キャプションの上に、一枚の写真がアップされていた。

(え!)

夏希は自分の目を疑った。

薄緑色の水面の向こうに緑の浮島。紛れもなく、第一事件現場である。

しばし夏希は本牧緑地の写真に釘付けになった。

「友だちがこの近くに住んでるんだけど、この景色って学校から遠くないみなと赤十字病院ってとこなんだよ」

「新山下運河のところにある病院でしょ」

「先生知ってるの？」

「うん、ちょっとね……ねっ、ユリミファについて教えてくれるかな？」

　夏希は気負い込んで訊いた。

「ユリミファは正体不明のシンガーソングライターだったんです。四年くらい前から YouTube で曲を発表していて、いちばん人気のある『ホワイトフェアリー』や『銀の十字架の丘』なんかは八十万回も再生されてるの。でも、年齢も、性別も、どこに住んでいるのかも何にもわかっていなかったんです。でも、この記事で横浜の近くにいたことだけはわかりました」

　動画を見て歌声を聞く限りは女子のように思えるが。それよりも、菜月が口にした『銀の十字架の丘』という楽曲名に夏希の胸の鼓動は早まった。何気なさを装って問いを重ねる。

「そんなに人気があるのか。わたしぜんぜん知らなかったよ」

「なんていうのかな。さりげない曲と不思議な歌詞とのミスマッチ感がよくて……あと、歌の世界自体がなんだかすごくピュアなんですよ。聴いていてこころが洗われるっていうか」

「へぇ、今度ゆっくり聴いてみよう」

「ぜひ！　でも、半年くらい前から行方不明だったんです」

「行方不明って？」

「YouTubeにも新曲発表してなかったし、SNSからも消えちゃって……病気だったなんて知らなかった。知ってたら、お見舞いに行きたかったな」

「そうか。そうだよね」

「試験前にも『冬の花火』を聴いてたんだけど、そのときはもう亡くなってたんだと思うと、悲しくて……」

「いまなんて言ったの？」

「あ、曲名ですか。『冬の花火』って……この曲です」

菜月はカナル型のイヤホンを差し出した。

アコースティックギターを抱えたユリミファが澄んだ声で歌っている。

オーソドックスなコード進行のポップスだが、ユリミファのヴォーカルは、ちょっとキッチュでセクシーであかるい。

動画には映っていないキーボードとベース、ドラムスのミドルテンポの伴奏は、打ち込みなのかもしれない。

♪だから冬の花火上げます。ひとつじゃフキゲン。ふたつじゃ足りない。

なんだか不思議な歌詞だが、夏希の驚きはそこではなかった。

どう考えても、二つの殺人事件は、ユリミファの曲と関わりがある。

「ありがとう。素敵な曲だね」

あえてさり気ない声を出してイヤホンを返したが、夏希の心臓は激しく打っていた。

「そうでしょ。大好きなんです。ユリミファはツィンクルもやってたんです。それで、メインアカウントにリプ入れたファンのなかから気に入った人を別の鍵アカに招待するの。あたしも招待されてたんだよ」

「秘密ページって感じだね」

「そう、ユリミファが、リプからその人のキャラとかを判断して、いいなと思ったら別アカページでお話ができるの。そうだな。メインアカウントのフォロワーが三万人くらいのうち、三百人くらいが選ばれていたんです」

菜月は胸を張った。

「百人に一人のコアなファンとして、菜月ちゃんは認められてたんだね」

「そうなの。でね、この鍵アカはヒット曲と同じで『ホワイトフェアリー』っていうんだけど、ここが一年くらい前にすごく荒れちゃったんだ」

「荒らしか……」

「そう。それがすごく悪質で、ユリミファのこと、いろいろディスったり、彼女の個人情報を漏らしたり……あたしは怒りまくってたんだ」

菜月は眉間(みけん)にしわを寄せた。

「そんな奴はブロックしちゃえばいいんじゃないの？」

「それがね。簡単じゃないんだ。先生、知ってます？『鍵アカ外し』って」

「ハッカーみたいな人のことかな」

「そうじゃなくってね。招待されるときはしおらしくしていて、招待されると本性むき出しにするの。で、ブロックされると、別のアカウントでまたしおらしくリプして承認されると、荒らしに変身するわけ。たぶん、一人の荒らしは三十個くらい別アカウント持ってたんじゃないかな。ブロックしてもブロックしても別アカで接近してくるから、どうしようもないんだ」

「ひどいね。で、そんな荒らしは何人くらいいたのかな」

「とくに悪質なのは三人だった。『ノナ男爵』と『スコトーマ』、それから『ごまどうふ』とかかな」

ハンドルネームというものは妙な響きを持つことが多い。ことにスコトーマとノナ男爵は印象に残る名前だった。スコトーマは医学用語だし、ノナはラテン語の九番目を意味する言葉か、あるいは……。

「それでユリミファはネットから姿を消したんだね」

「ユリミファ、もう嫌になっちゃったみたいで、半年くらい前から一切ネットに出てこなくなっちゃって」

菜月は目を伏せた。

（このスマホの情報が欲しい……）

菜月のスマホには、犯人特定につながる情報が間違いなく存在している。

捜査本部に連絡し、刑事課の捜査員に来てもらって、スマホの任意提出を求めることはできるだろう。

でも、そんなことをすれば、この子を傷つけてしまうに違いない。せっかくユリミファの秘密を話してくれたのに、警察を呼ばれた、裏切りだと感ずるだろう。

ここはやはり、夏希自身が警察手帳を見せて理由を話し、スマホを見せてもらうのが順当な手だ。できることならば、捜査本部まで来てもらってきちんと供述をとるべきだろう。

しかし、それでは夏希が警察官だとわかってしまう。

せっかく医師の先輩と思ってくれているのに、菜月に失望を与えるかもしれない。

夏希は苦しい選択を迫られた。

だが、そんな悠長なことを言っていられる状況でないのはたしかだった。

「わたしね。医師であることは間違いないんだけど、いま、ほかの仕事に就いているんだ」

夏希は菜月の目を見つめてゆっくりと切り出した。

「え、なんのお仕事なんですか」

菜月は小首を傾げた。

「わたし、いま警察に勤めてるんだ。警察官なの……」

「えー、びっくり。警察でどんなお仕事しているんですか」

意外なことに、菜月は瞳(ひとみ)を輝かせて訊(き)いた。

「うん、犯人や被害者の気持ちを考えるようなお仕事なの」

「それって心理学を活(い)かした職種ってことですか」

「そうね……臨床心理学や精神医学を使うこともあるかな」

菜月は夏希の顔をじっと見つめた。

「もしかして……真田先生って……かもめ★百合ですか」

菜月の声が明るく弾んだ。

「え……」

「だって、神奈川県警でただ一人の犯罪心理分析のプロって、先生なんじゃないんですか？」

「それは……」

ここで嘘をついても、真実が明らかになったときに、菜月を傷つけてしまうだろう。

「菜月ちゃんを信用しているからいうね。かもめ★百合はわたしです」

「わぁ。ほんとですか。すごい」

瞳を輝かせて菜月は小さく叫んだ。

「でも、誰にも言っちゃ駄目だよ。わたしがお仕事できなくなっちゃうから」

「約束します。絶対に誰にも言いません。警察手帳見たいなぁ」

予想外の展開になってきたが、この菜月のノリのよさは夏希にとっては好都合とも言える。

まわりの目を気にしながら、そっと警察手帳を提示する。

警察手帳に見入っていた菜月の両目が急に大きくなった。

「先生。夏希さんっていうんですか」

「そう。菜月ちゃんと読みが同じなんだよ」

「嬉しい！」

菜月ははしゃいだ声を出して、ふたたび手帳に見入った。

「ね、警部補ってえらいんでしょ？」

「どうかな……係長くらいかな」

「ネットでも大人気じゃないですか。あたし、ずっと憧れてるんです」

「馬鹿なこと言わないで」

夏希は素っ気なく答えたが、菜月は身を乗り出した。

「医学部を受けたのも、かもめ★百合ちゃんへの憧れがあるんです。まず医師免許とってそれから大学院で臨床心理学を勉強しようと思っているんです」

「いや、おすすめしないなぁ」

生命の危機にさらされたり、死体に出くわしたり、決して多くの人にすすめられる仕事ではない。

「憧れの人に会えるなんて思っていなかった」

「ありがと。それでね。とても大事なことを菜月ちゃんに頼みたいの」

「なんでも言って下さい。役に立てたら嬉しいです」

「実は、いまわたしが携わっている事件があるの。みなと赤十字病院のすぐ近くで男の人が殺されたんだけど」

「あ……そういえば、ニュースでやってましたね」

「知ってたんだ。で、菜月ちゃんのスマホに入っている『ホワイトフェアリー』のデータが捜査の役に立ちそうなの」

「え……それって、事件がユリミファと関係があるってことですか」

「たぶん……」

「あたしを犯人と疑っているとか」

菜月は冗談めかして笑った。

「そんなはずないじゃない。それから、菜月ちゃんの証言も聞きたいの。わたしの協力者になってくれないかな」

「はい、協力します」

菜月は輝く瞳でうなずいた。

「近くの本牧署というところへおつきあい頂いて、一時間くらいお時間を貸してほしいんだ」

「いいですよ。警察とかってあんまり行ったことないし」

「じゃ、おうちに電話してもらえるかな。十一時までにはおうちに着けるようにするから」

「わかりました」

菜月はスマホを取り出して耳に当てた。

「……そうなの。警察の人に協力することになったんだ……え、代わってもらうの……真田先生、お願いします」

菜月から渡されたスマホを耳に当てると四十代くらいの女性の不安げな声が聞こえた。

「あの……うちの娘が何か……したんでしょうか」

声を震わしているのは菜月の母親に違いない。警察沙汰となれば、一般市民が不安に思うのはあたりまえだ。

「いえ……そうではありません。わたしは神奈川県警察本部刑事部の真田夏希と申します。お嬢さんにはある重大事件の証人となって頂きたいのです。その事件は一刻を争う状況ですので、大変申し訳ないのですが、これから近くの警察署においで頂いてお話を伺いたいのです。責任を持ってお宅までお送り致しますので」

「よろしくお願いします」

「どうぞご心配なく」

夏希は菜月にスマホを返した。

「じゃ、タクシーで本牧署まで行きましょう」

「はい。よろしくお願いします」

夏希は車内で佐竹管理官の携帯に電話を入れ、菜月という未成年の証人を連れてゆくので、事情聴取の場所を確保してほしいと頼んだ。

タクシーに乗り込んだ夏希は、相手が高校生であることをじゅうぶんに考え、やわらかい表現を選んで本牧緑地の第一事件の概要を話して聞かせた。

もちろん、捜査官として漏らしてはならない情報については触れなかった。要するにマスメディアの報道に、秘密サイトのトラブルが犯罪に関係しているかもしれないことだけを話したのである。

菜月は本牧緑地での事件についての報道を知っていたが、ユリミファのファンが関わっているかもしれないと話すとひどく驚いた。

横浜駅から本牧署までは六キロ強である。夏希たちは十五分後には本牧署に到着した。

佐竹管理官がとっておいてくれた応接室に入ると、織田理事官と二人の管理官が待っていた。

「証人の本間菜月さんをお連れしました。菜月さん、そちらに掛けて」

「はい……」

ソファに座った菜月はさすがに緊張して頬を引きつらせている。

織田たちはそれぞれにあいさつをした。

「こんな時間にお呼び立てして本当にごめんなさい。わたしたちは本間さんの力を必要としています」

やわらかい声を出して織田理事官が頭を下げた。

「協力して頂き、本当にありがとう」

佐竹管理官は、それでも懸命に愛想笑いを浮かべた。

「いやぁ、あなたの情報はありがたいプレゼントなんですよ」

甲高い声で小早川管理官も親しみを込めて笑った。

「はい……お役に立てれば……」

三人のおじさんたちのあいさつに、菜月はぎこちなく微笑みを返した。

「本間菜月さんは、ユリミファというシンガーソングライターのファンです。ユリミファのファンブログに事件の関係者と思しきものが投稿している可能性が出てきました。本間さんのスマホには、これを裏付けるデータが残っています……」

夏希は『ポルコ・ロッソ』で、菜月に聞いた話を織田理事官たちにかいつまんで話した。

三人の表情が見る見る引き締まったものに変わっていった。

誰もが息を詰めるようにして夏希の話を聞いている。

菜月が持っている情報が、今回の捜査にとって宝石のようなものだと理解したのだ。

「まずは菜月ちゃん、スマホからさっきのページのデータをコピーさせて頂いていいかな」

「はい。ほかにも役に立つデータがあればぜんぶコピーしちゃっていいです。どうせ、たいしたデータ入っていないんで」

菜月は口元に笑みを浮かべてスマホを差し出した。

「ありがとう。じゃ、小早川さんお願いします」

「はい、コピーはすぐ終わりますけど、まずは必要なデータを見せてくださいね」

小早川管理官は、スマホと目の前のノートPCをUSBケーブルでつないで、マウスを操作し始めた。

どういう仕組みなのか、PCの画面にスマホと同じ画面が映し出された。

「あの……ツィンクルの『ユリミファの空』って鍵アカです」

小早川はマウスをクリックすると、PCとスマホの両方の画面でツィンクルのサイトが開いた。

「これですね。鍵アカのページは。あの、パスワードも教えて頂けますか」

「natuki3131です。あと、ちょっといいですか」

菜月はケーブルがつながったままのスマホを受け取って画面をタップした。

「『ごまどうふ』なんて盗撮写真まで投稿してたんですよ」

「と、盗撮写真って、ユリミファの？」

夏希の声は大きく震えた。

「そう、これ見て。ひどいでしょ」

菜月は手際よくファイル管理アプリを操作して、一枚の画像を表示した。

スマホに写っていたぼんやりとした写真は、建物の前に立つ男女だった。よく見ると、女性はユリミファで、もう一人は若い男らしい。男の顔は横を向いていてよくわからなかった。暗視カメラによる撮影なのだろう。全体的に緑かぶりしている暗い画像だった。

夏希の背中に汗が噴き出した。

「これは……」

「ええ……本事案と関わりが深いですね」

織田たちも息を呑んだ。

いうまでもなく、藤堂高矢が撮った写真である可能性が高い。

「ユリミファの密会写真とか言っちゃって。これ、もう消されちゃってるんですけど、あんまりひどいから、インターネット・ホットラインセンターに通報したんです」

ネット上の違法・有害情報の通報を受け付けている組織である。警察庁が一般社団法人セーファーインターネット協会に業務委託して運営されている。

「で、ちゃんと対応してくれたかな」

「受け付けてくれたけど、微妙な線だって言われちゃいました」

菜月は小さく顔をしかめた。

「ホットラインセンターはわいせつ投稿や、殺人、傷害、脅迫、恐喝などの違法行為を請負・仲介・誘引する情報、それから自殺勧誘の情報などへの対応が中心となっていますからねぇ」

小早川管理官は嘆くような声を出した。

「これも見て下さい。これが最後に残されていましたが、ひどい言葉ばかりです」

夏希たちはスマホに見入った。


——淫乱女の真っ白ポエムをどうぞお楽しみ下さい。　スコトーマ

——なにがホワイトフェアリーだ。こいつはイミテーション・ホワイト。　ノナ男爵

——『ユリミファの空』の次は「死」。お願いですから、一日も早く死んで下さい。　ごまどうふ

「もっと悪質な言葉がたくさんたくさんありましたが、削除されています」

菜月の顔から怒りが噴き出ていた。

「これは典型的なサイバー・ブリーイング、つまりネットいじめだな」

小早川管理官がうなった。

「小早川さん、すぐにＩＰアドレスを解析して下さい」

織田理事官の声もこわばっている。頬が引きつっているのがはっきりとわかった。

「わかりました。国際テロ対策室に転送します」

小早川管理官はうなずいて、ＰＣのマウスを操作した。

「スコトーマって何だ？」

佐竹管理官はぼんやりと訊いた。

「もともとは眼科用語で盲点のことです。現在はコーチングで使われる言葉で、心理的盲点を指します」

「それでもわからんぞ」

「人間は自分で気づかないうちに認知に制限を掛けている。このスコトーマという盲点があるために、外界の事物を客観的に把握できていない。それゆえに、本来持っている能力を発揮できていないとする考え方です。心理学の学問用語としては一般的ではありません。ただ、この人物がスコトーマなどというハンドルネームを使っていることを考えると、現在の自分の立場などに対して不満を感じていることが考えられます」

すっかり感心して自分を見ている菜月に、ふと思いついて訊いてみた。

「ねぇ、菜月ちゃん、もしかすると……。ユリミファにはマリーナのことを歌った曲とかもある？」

「知ってるんですか。『マリーナ午前四時』って曲がありますよ。歌詞の内容から逗子マリーナを歌った曲だってみんなで予想してたんです」

夏希は仏法寺跡の現場を思い出していた。藤堂ばかりではなく、生駒も荒らしであった可能性が出てきた。

二つの事件の構造が見えてきた。ユリミファをネット上で追い詰めた荒らしを、ファンの一人が殺したのではないだろうか。

その後も聴取を続け、午後十時過ぎに菜月を応接室から送り出した。

「先生、あたし勉強頑張ります」

「菜月ちゃん。わたしを目標なんかにしないでね」

「いいえ……ね。先生、またお茶してくれますか」

「そうだね。メールできる？」

「はい、Gメール使ってますから。あたしライン好きじゃなくって」

最近の高校生は、絶え間ないプッシュ通知を嫌って、ライン離れが進んでいるという。

「そう。これわたしのメアドだから」

夏希は名刺を差し出した。

「あ、すぐにメールします」

パトカーの後部座席で菜月はずっと手を振っていた。

【2】@二〇一八年一月十五日（月）夜

講堂に戻った夏希たちは、福島一課長を交えて、緊急幹部会議を開くことになった。

「真田さん、すごい鉱脈を掘り当てましたね」

椅子に座るなり、織田理事官が声を掛けてきた。

「そうとも。これで事件の方向性がはっきりした」

佐竹管理官の声も昂揚（こうよう）していた。

「真田、あの女の子から聞いた話をすべて教えてくれ」

福島一課長が明るい声で訊いた。

「わかりました。まずユリミファという YouTube で活躍していたシンガーソングライターのことからお話しします……」

夏希は四人に向かって菜月から聞いた話を逐一話した。

「これで今回の事件の本筋が明らかになったな。ユリミファなるネットアイドルのファンによる犯行である可能性がきわめて高くなった」

福島一課長は力強い声で宣言するように言った。

「わたしの考えた筋読みは大外れでした」

織田理事官は立ち上がって丁寧に頭を下げた。

「無駄な時間を掛けてしまった……捜査を仕切り直しましょう」

いつになく織田の声には力がなかった。

織田の言葉に全員がうなずいた。

「第一事案の被害者、藤堂高矢さんは投稿した暗視写真から『ごまどうふ』である公算が大きい。第二事案の被害者、生駒一郎さんが『スコトーマ』か『ノナ男爵』である可能性が高くなりました。つまり、二人ともユリミファへの攻撃者であったということです。裏をとらなければなりませんが、ユリミファは一月十二日に病死しています。この病死の原因を犯人は、三人の攻撃にあると考えていたのでしょう。とすれば……考えたくはありませんが、さらに犯行は続く可能性があります」

織田理事官は厳しい顔で言った。

　この指摘は正しいものとしか考えられなかった。

「小早川さん、あれ以来、犯人は何も言ってこないのですね」

「ええ、ツィンクルにも投稿はなく、メールもありません」

「犯行声明も出していないのですね」

「はい、今回は沈黙を守っています」

「対話がいけなかったのでしょうか」

　夏希の言葉に織田理事官が大きく首を振った。

「そんなことはないと思います。いずれにせよ、攻撃者が三人浮かび上がってきたことで、次の犯行も懸念されます。この後も、真田さんにはジュードとの対話を試みて頂きたい」

「わかりました。三人目の特定も重要な課題ですね」

「その通りです。我々は犯人と並んで一刻も早く三人目を特定して、保護態勢をとる必要があります」

　織田理事官の言葉に全員がうなずいた。

「しかし、藤堂さんは公安調査庁の職員だった人間、生駒さんは大学教授だ。社会的にもしっかりした立場にある人間が、二十歳やそこらの小娘にこんな下らない攻撃をしたんだ。まるで、中学生のいじめだ。言葉づかいはおっさんだが……」

佐竹管理官があきれ声を出した。

「古典的な心理学の概念ではありますが、イェール大学のJ・ダラードとN・E・ミラーの主張した『欲求不満―攻撃仮説』には説得力があります」

「どんな学説なんだね」

福島一課長が促した。

「簡単にいうと、人間は欲求不満が高まったときに攻撃行動が喚起されるという理論です」

「具体的に話してくれ」

「社会的承認、つまり他者の評価が得られないと、人間の自尊心は維持されません。欲求不満が生じ、生理的不快感や心理的ストレスが引き起こされます。現代の日本では、ことに中高年の被用者の欲求不満が高まっているとされます。満員電車での通勤から始まり、会社や役所では厳しいノルマを課され、仕事を頑張っても威張った上司からは公平に評価されない。それでいながら低い報酬しか恵まれず、顧客からは理不尽なクレームを突きつけられる。こんな毎日を過ごしていると、自分が報われていないという欲求不満が高まり、常にやり場のない怒りを抱えているような状況に陥っていきます。この怒りを職場で爆発させるわけにはいかない。そこで怒りが弱い者にぶつけられるのです」

「なんて卑怯(ひきょう)な話だ」

佐竹管理官は本気で腹を立てているようにも見えた。

「卑怯かもしれません。攻撃者にとっての弱い者は、パブリックな立場である場合も少なくありません。たとえば、自分が顧客であるときの店の人、保護者にとっての教員や市民にとっての市役所の職員、乗客にとっての駅員などが同じ構造を持っています」

夏希は土曜日の伊豆における結城秀樹の言動を思い出していた。

「国民に対しての警察官も同じじゃか」

佐竹管理官の言葉に福島一課長はうなずいた。

「そうだな。司法警察の警官は国民を捕まえる怖い存在だが、行政警察は国民にサービスする側面もあるからな。たとえば、交番の道案内などだ」

「たしかに、地域課員などが国民に理不尽に攻撃されることも少なくないですからね」

司法警察活動は犯罪の訴追、処罰の準備のための捜査活動を言い、行政警察活動はそれ以外のすべての警察活動をいうが、なかには国民に対するサービスという性質を持つものも少なくない。

「また、脳科学的にはホルモン分泌が関わっているとされています。男性ホルモンのテストステロンが攻撃性を生み出す要因とされています」

「男は攻撃的な動物というわけか」

佐竹管理官が苦笑いを浮かべた。

「はい、精巣を取ってしまうとオスは攻撃性を失います。早稲田大学の筒井和義教授らの研究によれば、脳内で分泌される女性ホルモンであるエストラジオールが攻撃性を抑制するのに効果的だそうです」

「しかし弱い者にぶつけられるというのは、やはり許せんな。だが、大成功していたユリミファが弱者なのだろうか」

「アイドルは支持するファンにとっては強い存在かもしれません。でも、ファンがひとたび攻撃者に転ずると、単なるネットアイドルに過ぎないユリミファは何も守ってくれるものがない弱い存在に過ぎません」

「天から墜ちた女神というわけか」

「もしかすると、ネットで大成功していたユリミファは、三人にとって羨望の対象だったのかもしれません。最初は彼らもユリミファの純粋なファンだったのかもしれません。詳しくはわかりませんが、ネット上で三人がユリミファに働きかけたときに、彼らが期待し要求する反応が得られなかったのではないでしょうか。それが彼らの自尊心を傷つけたのではないでしょうか」

「なるほどなぁ」

佐竹管理官は鼻から大きく息を吐いた。

「真田さん、わかった事実を踏まえて、もう一度、ジュードに接触を図ってみて下さい」

織田理事官が真剣な目つきで指示した。

「はかばかしい反応が見られなかったジュードですが……」

「いままでとは条件が違います。こちらはユリミファという大きな武器を得ました。さらに、第三の犯行が予測される限り、是が非でもこれを防がなければならない。ただ、問いかけはくれぐれも慎重にお願いします」

「わかりました。あえて第二の犯行には触れずに始めたいと思います」

「いいでしょう」

夏希はＰＣに向かった。

――こんばんは。ジュードさん。あなたの悲しみがわかった。お話をしたくてメールしました。

反応はなかった。夏希は第二信を送る。

――あなたの悲しみはホワイトフェアリーを失ったせいなのでしょう。

十分後、着信を示すアラームが鳴った。

（やった！　来たっ！）

夏希はこころの中で快哉（かいさい）を叫んだ。

――百合さん、すごいね。どうしてわかったの？

――あなたと同じように悲しんでいる女子高生から聞いたの。

――彼女が帰らぬ人になったことを発表したからな。

――わたしの友だちのその子も泣いていたよ。

――たくさんの人が悲しんでくれている。

――そう。だから悲しいこと考えないで。

――いや、そうはいかない。もう彼女は戻らないんだ。連中の悪魔のような所業は見ただろう？

――胸がつぶれそうだった。

――彼女がブログを見なくなったから、最後のほうの暴言は残したんだ。

――でも、お願い。もう悲しみの連鎖はやめて。

――彼女を……ユリミファを殺した奴らを許すわけにはいかない。

――だけど、彼女は病気だったのでしょう。

――そうだ。だが、死病に追いやったのは奴らだ。

――そうなの?

――一年前から、彼女は幻聴に悩まされていた。誰もいないときに、隣の部屋から奴らの暴言が聞こえるんだ。「淫乱女(いんらんおんな)」とか「イミテーション・ホワイト」とかね。

――本当にひどいよね。

――ユリミファが奴らに何をしたというんだ。

――素敵な歌をプレゼントしたんだね。

――そうだ。ユリミファはファンにたくさんの愛を与えていた。それなのに、奴らは恫喝や脅迫で報いた。

――あり得ないと思う。

――あり得ないさ。そのうち、彼女はパニック障害の発作を起こすようになった。

――つよいストレスを感じていたのね。

――そうさ。動悸や頻脈が続き、身体はわけもなく震え、胸痛やめまいに悩まされた。甘いも辛いもわからない味覚障害にさえ陥った。

夏希にはユリミファを襲っていた激しいストレスが理解できた。早い段階で専門医を訪ねていれば、最悪の結果にはならなかったかもしれない。

──わたしにも幻嗅って言って、いつもガソリンみたいな匂いにつきまとわれた経験がある。

──経験があるならわかるだろう。ユリミファがどんなひどい状況にあったかが。

──わかる。痛いくらいわかるよ。

──彼女は壊れていった。自傷行為が続いた。手首を切ったり、洗剤を飲み込んだり、何度も死のうとした。

──ほんとに苦しかったんだね。

夏希には返す言葉がなかった。

──ユリミファは一月十日の晩にくも膜下出血で倒れた。

——そうだったの。

くも膜下出血は、脳の血管の一部がふくらんでできた瘤が破裂して出血が広がる病気で致死率は五十パーセントにも及ぶ。二十代には少ないが、血栓が脳に到達して起こるケースなどが見られる。

攻撃と発症の直接の因果関係は希薄だろう。だが、激しいストレスは血管を傷つけるためこの病気の要因となり得る。

——彼女は生まれつき血管がデリケートだったそうだ。

——そういうケースでは、若くてもその病気になることがあるね。

——奴らが彼女を殺したんだ。それでいて、自分たちは高みの見物さ。

——匿名で人を攻撃するのは最低だとわたしも思う。

――そうさ。人間じゃない。悪魔だ。藤堂って男があの緑地で何をしていたと思う？

――ユリミファの写真を撮ってたのね。

――ヤツは彼女がエンゼルとなったことを知らなかった。車椅子姿でも取りたかったんだろう。こいつが悪魔じゃなきゃなんだっていうんだ。

夏希は吐き気がした。藤堂という男のこころの成り立ちは、たしかにふつうではない。

――許せないとは思うけど……。

――警察にも相談した。だが、まったく相手にしてくれなかった。

――ごめんなさい。

——別にあなたを責めてるわけじゃない。だけど、自分の力で制裁を加えるしかないと考えるようになった。

——でも、制裁を加えたって彼女が喜ぶわけではないでしょ。

返事がなかった。いつまで待っても次のレスは帰ってこなかった。

——ねぇ、返事をして。お願い。

「だめです。ジュードは犯行をあきらめていません。第三の被害者が出る恐れがあります」

夏希はＰＣから顔を上げて織田たちに告げた。

「どうにか、犯人像に迫れないか」

福島一課長が歩み寄ってきた。

「人物像はぼやけたままです」

「なにかわかったことはないのか」

「たとえば自称を一切使っていません」

「そうか、わたしとか僕とか言っていないな」

「自分に対して確固たる自信がない人間である可能性と、自己を韜晦する……自分を隠すことに慣れている人間である可能性の二つが考えられます。性別もわかりません。ただ、ユリミファを深く愛していることはたしかですね」

「人物像ではないが、ユリミファのブログを管理していた人物であることはわかりましたね」

小早川管理官のいう通りだった。

「『ユリミファの空』なるブログの管理人は自分の名前を名乗っていないな」

佐竹管理官はブログ画面を覗き込みながら言った。

たしかに、単に管理人としか記されていない。

「いずれにしても、単なるファンではなく、もっとユリミファに近い存在だということですね」

夏希の言葉に福島一課長が反応した。

「ユリミファなるアイドルの身辺を洗わなければならないな。本名や居住地、近辺の人間などを調べ上げるのだ。明日はこっちで捜査会議を開く」

だが、夏希はもっと切羽詰まったものを感じていた。

ジュードが今夜、あるいは明日の朝に次の犯行を決行してしまうような恐れを抱いていたのである。

「ジュードはいまの対話の中で、自分が『ユリミファの空』の管理人であることを隠していません。ツィンクルの投稿では何重にもIPアドレスを秘匿していたのと対蹠的です」

「そうですね。すぐにファンブログの管理人のIPを分析させましょう」

小早川はどこかへ電話をかけ始めた。

夏希は言葉を続けた。

「あるいは、ジュードは、すでに今回の復讐劇の幕を閉じようとしているのかもしれません」

「何だって！」

佐竹管理官が小さく叫んだ。

「ジュードが、スコトーマ、ごまどうふ、ノナ男爵の三人を狙っているなら、復讐の標的はあと一人しかいないことになります。IPを知られてもいいと思っているのだとしたら、すでに最後の犯行に及ぶつもりなのではないでしょうか」

「なんて馬鹿なことを続けるんだ」

福島一課長の声は怒りに震えていた。

人間は自分が置かれている状況を主観的に判断しており、この仕組みはふだんは問題なく機能している。

ところが、人間が強いストレスを感じたり、うつ状態に陥ったりしている時などには、自分の置かれている状況に対する認知に歪(ゆが)みが生じることが多い。

結果として、抑うつ感や不安感が強まり、非適応的な行動が強まる。これによってさらに認知の歪みが引き起こされるという悪循環が生まれる。

いまのジュードの見ている世界は、大きく歪んでしまっているのだ。

だからこそ、もっとも向かうべきではない選択肢に向かってゆく恐れがある。

「第三の凶行が今夜にも行われるかもしれません。一刻も早く三人目の攻撃者を特定しなければならないと思います」

「真田さんのいう通りです。小早川さん、IPアドレスの解析は進んでいますね」

織田理事官の言葉に小早川管理官は渋い顔をした。

「もう少しお待ちください。アドレスを追跡した後に、プロバイダに契約者の情報開示をさせる必要がありますので……」

「期待していますよ」

織田理事官は両手の指を組んで貧乏揺すりをしている。滅多に見られない織田の焦燥に夏希もジリジリした気持ちが募ってゆく。

ＰＣに向かっていた制服警官が乾いた声を出した。

「ツィンクルにメッセージが投稿されました……」

夏希は目の前の画面にツィンクルを映し出した。


——明日の朝、最後の花火を上げます。すべてはこれで終わります。


夏希は頭から血が下がってゆくような感覚を覚えた。

「犯行予告だ」

福島一課長がうなった。

「もう一度、呼びかけてみます」

夏希はキーボードを叩いた。

——ジュードさん、百合です。どうか、お返事ください。

しかし、レスは返ってこなかった。
二、三度メッセージを送ったが、なしのつぶてだった。
「明日の横浜の日の出は六時五十分か……あと、八時間だ。

佐竹管理官の声も蔭っていた。

何時間が経過したのだろう。為す術もなく、夏希たちは座り続けていた。

こういうときの常として、時計の針は嫌になるくらい速く進んでゆく。

処理すべき情報はなかった。いまはただ、IPアドレスの解析結果を待つのみである。

誰一人として居眠りをするような者はいなかった。

途中で、制服警官が自販機から紙コップに入ったコーヒーを持って来てくれた。

IPアドレスの解析を待つことに耐えかねた夏希はイヤホンを掛けた。YouTubeに残されたユリミファの動画を見ることにしたのだ。

まずは『ホワイトフェアリー』を探し出して、再生ボタンをクリックした。

雪がつもった針葉樹林を背景に、空色のダウンジャケットを羽織ったユリミファが歌っている。ちらちらと粉雪が舞っていた。

♪初めて見たよ
ダイヤモンドダスト
キラキラ光る氷のダンス
誰も知らないホワイトフェアリー
グレーに濁ったあたしの悲しみ
真っ白に消えてく

ロケとは思えぬ高音質だった。おそらくはアフレコなのだろう。ストリングスやブラスセクション、ドラム、ベースは打ち込みのように聞こえた。

続けて『冬の花火』を聴く。

この曲はショート丈のピーコートを着て暗い海辺に立つユリミファがアコースティックギターを抱えて歌っている。彼女の顔を顔をライトが照らしている。

♪輝く星には悪いけど
冬の花火上げましょ
砂にまみれたダーティーな時間
昼間のあたしのウソなんて
ぜんぶ消えちゃえ
だから冬の花火上げます
ひとつじゃフキゲン
ふたつじゃ足りない

こちらの曲も、とても音質がよかった。

どちらもたどたどしい歌詞だが、どこか心に染みこんでくるものがある。自己に対して虚無的ではあるが、何かに望みを託している世界を思わせる。夏希には「浄化への希求」というテーマが伝わってきた。同時に聴き手へのほのかな愛を感じさせた。

歌うユリミファの顔は、ピュアさの中にちょっとアンニュイな色気なところがあって、すごく魅力的だった。

医大受験への不安を抱えて日々を送っている菜月にはきっと癒しや救いとなり、共

感できる歌詞だったのだろう
講堂に携帯の着信音が鳴り響いた。

小早川管理官に電話が掛かってきた。うなずきながらメモを取っている小早川の顔が見る見る明るくなってゆく。

「出ましたよ。IPアドレス」

小早川は弾んだ声を出した。

「出たかっ」

福島一課長は身を乗り出した。

「ジュードの実態が明らかになりました。何重にも秘匿していたツィンクル投稿のIPとは違って、ブログ管理人のIPはあっさり出ました」

小早川は胸を張って、捜査員一同を見まわしながら、言葉を継いだ。

「立花宗太（たちばなそうた）という男です。現住所は横浜市金沢区釜利谷北二丁目十番三号。固定電話の番号とメールアドレスも判明致しました」

「よしっ」

福島一課長はバシッと小早川管理官の左肩を叩いた。

「痛っ」

小早川は肩を押さえて顔をしかめた。

「で、いったい何者なんだ？」

佐竹管理官は、口調を強めて促した。

「ウェブ制作事務所のミーツプロダクツ代表……おそらくはSOHOでしょう。こんな仕事なんで、ウェブにプロフィールも載せてました。横浜工業大学工学部電子工学科卒業……くそっ、ネットに詳しくてもおかしくないな」

小早川管理官は舌打ちしてから表情をあらためて言葉を継いだ。

「大手広告代理店の東都エージェンシーを経て二〇一六年にミーツプロダクツを設立しています。そのほかの情報も明らかになり次第お伝えします」

なるほど、ウェブ制作会社なら飲食店のサイトなどを作っているかもしれないし、各国の食材や酒に詳しくても不思議ではない。

「立花宗太の逮捕令状の発給を申請しましょう」

佐竹管理官が勢い込んだ。

「うん、立花宗太はジュード名でSNSに十字架への言及などという秘密の暴露をしているも同然だから、逮捕状はとれるだろう。誰かに疎明資料を急いで作らせるんだ」

秘密の暴露とは真犯人でしか知るはずのない事実を告白することである。本来は取り調べ段階で用いられる捜査用語である。

「了解です。いま識鑑に出ている本部の刑事課の者を二人ほど戻して全速力でやらせます」

「大至急だ。金沢署の刑事課員を直ちに立花の自宅付近に張り込ませろ。それから、本部刑事課の覆面も一台、応援に廻せ。ただし、絶対に被疑者に触るな」

　ここで触るというのは、被疑者に職務質問を掛けるなどして、こちらの動静を明らかにしてしまうことを言う。

　こちら側の手の内を読まれたら、被疑者は逃亡を企てる恐れがある。捜査陣としては逮捕状が出るまでは見張っているしかない。

　連絡係が無線機や電話に走り、捜査本部は急に慌ただしくなった。

　夏希の心にも大きな緊張が走った。事件は大詰めに入って来たことは間違いない。

「ＩＰから割れるとは思っていませんでした……」

　すっかり口数が少なくなっていた織田理事官がつぶやいた。

「はい。国際テロ対策室も最大限の努力を続けて解析を急ぎ……」

　小早川管理官の言葉を、ふたたび鳴った電話のアラームが遮った。

「なにっ、そうか」

小早川は電話を切ると、メモを見ながら口を開いた。

「被害者と思しき悪質書き込み者のＩＰも判明しました。『ごまどうふ』のＩＰは辿れませんでした。ですが、残りの二人は、加入プロバイダから契約者名が開示されました。『スコトーマ』は、鎌倉市極楽寺二丁目十八番地三号に在住していた生駒一郎と判明しました」

「やはり、生駒は荒らしの一人だったんだな」

佐竹管理官はあきれ声を出した。

「大学教授ともあろう者が、なんて不見識な……」

福島一課長は、鼻から大きく息を吐いて嘆いた。

夏希の心には、あらためてつよい怒りが湧き上がってきた。

人を指導する立場にある四十歳の分別ある大人が、年端もいかぬ少女をネコがネズミをオモチャにするようにいじめ抜いたのだ。

「さらに『ノナ男爵』は逗子市新宿六丁目一番八号アグレアーブル逗子三〇七号室在住の結城秀樹という人物です」

小早川管理官は得意げに胸を張った。

「ゆ、結城秀樹って……どんな文字を書きますか」

夏希の舌はもつれた。

「この字です」

小早川管理官はさらっとメモを書いて夏希に渡した。

間違いない。土曜日にドライブしたあの結城だ。

「真田の知り合いなのか」

福島一課長が不思議そうに訊いた。

「ええ……ちょっとした知り合いです」

「同姓同名の別人じゃないのかね」

「いいえ、逗子に住んでいると言っていましたし、北海道出身者です。『ノナ男爵』のノナって北海道弁でムラサキウニのことなんです……」

「ほう、俺は外国語だと思っていたよ……どんな人物なんだ」

「港区に本社のある計測機器メーカーのサラリーマンです」

「さっきの話に出ていたように悪質な人間なのか」

「一度、会ったことがあるだけなのではっきりとはわからないのですが、一見するととてもジェントルな人物です。サーフィンをしたいので、逗子に住んでいると言っていました」

あの店でのスタッフの女性に対する態度以外には、とくに問題はなかった。が、あのことが引っかかって、また会いたいとは思わなかったのも事実だった。

『ごまどうふ』が藤堂高矢であることは写真の件等で明らかだし、最後のターゲットは結城に違いないな」

佐竹管理官の言葉に、その場の全員がうなずいた。

捜査本部の空気が張り詰めたものへと変わってゆく。夏希も全身に鳥肌が立つような錯覚を感じていた。

「さっき、真田が言っていた第三の犯行が間近だという言葉が、がぜん現実味を帯びてきた。結城を一刻も早く保護しなければならない」

福島一課長は眉間に深い縦じわを寄せた。

「プロバイダに登録してある電話番号に掛け続けていますが、一向に出ませんね」

私服警官の一人が弱り顔で言った。

「友だちが携帯番号を知っているかもしれません」

時間は気になったが、そんなことを言っている事態ではない。

「あ、希美。こんな時間にごめん」

「なぁに」

眠そうな声が耳元で響いた。

「結城さんの携帯番号知ってたよね」

「え……どうして？」

「緊急に電話しなくちゃならなくて」

「抜け駆けなしだよ」

　あのとき結城への評価は伝えてある。

　こんな時も冗談でかわす希美はやはりやさしい。

「そういう話じゃなくて仕事がらみなんだ」

「へぇ……ちょっと待ってて」

　夏希の緊迫した声に、希美もただならぬ事態と気づいたようだった。

　教えてくれた番号を急いでメモする。

「ありがと。ほんとにごめんね」

「こんな時間まで、大変だねぇ。身体に気をつけてね」

　希美はあたたかい言葉とともに電話を切った。

　メモした番号に掛ける。

　電波の届かない場所云々（うんぬん）のアナウンスが返ってくる。

「出ません。電源が切ってあるみたいです」

「とにかく結城さんを保護しなくてはならんな。所轄署の地域課員を自宅に行かせよう」

福島一課長の言葉に制服警官が即座に調べた。

「逗子市新宿は江の島署ですね」

「すぐに江の島署に結城さん宅に急行するように指示しろ」

「了解です」

制服警官は無線のマイクを取った。

「我々も急行しましょう」

夏希は焦る気持ちを抑えて言った。

佐竹管理官と小早川管理官が顔を見合わせた。

そこまでするべきかどうか迷っているといった顔つきだった。

「わたしと真田さんだけでいいでしょう。パトカーを出してもらってください」

打てば響くように織田理事官が答えた。

夏希は意外の感に打たれた。

織田は夏希の説など毛頭信じていないと思っていたからである。

　十分後、夏希と織田は本牧署員の運転するパトカーの後部座席にいた。

　流れゆくマンションや住宅の灯りを眺めながら、早く着いてくれと願う夏希であった。

　深夜ということもあって、パトカーは順調に進んだ。湾岸の南本牧ふ頭入口から横浜横須賀道路の逗子インターを経て逗葉新道の終点まで三十分少しで着けた。

「ここからは四キロしかありません。すぐに着きますよ」

　ドライバーは明るい声で教えてくれた。

　結城秀樹が住んでいる場所は、披露山公園の東麓だった。

　山の反対側は、かつて日本のビバリーヒルズとも呼ばれた披露山庭園住宅地である。

　結城の低層マンションは新しくはないが、エントランスも広くて、周りの観葉植物も整っている。敷地全体がちょっと豪華な雰囲気を醸し出していた。

　前の道に三台のパトカーと二台の交番バイクが止まっていた。

　近所の人と思しき野次馬が不安そうに結城のマンションを見ている。

　ドアを開けてくれたドライバーの巡査は、大きな声を出した。

「警察庁の織田理事官と科捜研の真田警部補が臨場されました」

　あたりに立っていた制服警官たちはいっせいに挙手の礼を送ってきた。

「ご苦労さまです。逗子小坪交番の井伊と申します」

巡査部長の階級章をつけた四十代の制服警官が近づいて来た。

「ああ、ご苦労さま」

「隣の住人の話では、結城さんは毎朝のように夜明け前に走っているんだそうです。今朝もおそらく出かけているだろうとのことです」

「途中で襲われなければよいのだが……」

織田は不安げな声を出した。

「織田さん、ここじゃないと思います」

「どういうことですか」

「ふたつの現場に共通する特徴がここにはありません」

「詳しく教えてください」

「本牧緑地も仏法寺跡もわたしの目から見るとステージでした」

「ああ、さっきのお話ですね。明日の朝にでも、もう少し詳しく伺おうと思っていたところなのです」

如才ない言葉で答えたが、織田の顔つきは真剣そのものだった。遅まきながら、夏希の言葉に真面目に耳を傾ける態度に変わったといえる。

「ジュードの二つの犯行には、いろいろなこだわりが感じられます。花火、銀の十字架……さらには犯行現場です」

「現場がステージに似ているとおっしゃっているのですね。観客は誰ですか？」

「観客はユリミファです」

「しかし、本牧緑地の時にもユリミファはすでに亡くなっていたのでしょう」

「ええ、観念上のユリミファです」

「というとつまり……」

「ふたつの犯行は、天国にいるユリミファに捧げた野外劇だったのかもしれません」

「つまり鎮魂の儀式というわけですね」

「その通りです。だから、外に向かって大きく開いたような場所、劇場のような場所を選ぶと思うのです」

「なるほど、この近辺にそんな場所があるかな」

「逗子海岸か披露山公園は外に向かって開いている場所ですね」

井伊巡査部長が説明してくれた。

「ほかにヒントはないかな……」

「花火と十字架って、ユリミファの歌のタイトルから取っているんです」

「あとはホワイトフェアリーでしたっけ」

「そうです……でも具体的なイメージじゃありませんよね。あっ」

夏希は小さく叫んだ。

「どうしたんです？」

「今回も十字架かもしれません」

織田ははっとした顔つきに変わって井伊に尋ねた。

「井伊さん、この近くに教会はあるかな」

井伊巡査部長は黒々と稜線（りょうせん）を連ねる目の前の低い山を指さした。

「ええ、あれが披露山なんですが、頂上の公園の横に逗子披露山教会というキリスト教会があります」

「行ってみましょう。井伊さん、こちらのパトカーに乗って案内してください」

「はい、お安い御用です」

井伊巡査部長は素早く夏希たちの乗って来たパトカーの助手席に乗り込んだ。

パトカーは住宅地の中の狭い道を披露山へと登っていった。

そのとき、雑音が鳴ってパトカーの中の無線が入電した。

──通信本部より各移動。逗子市新宿五丁目四番一号の逗子披露山教会に男が人質を取って立て籠もっているとの一一〇番通報あり。男は単独犯で刃物らしき武器を携帯している模様。繰り返す……


夏希は天を仰いだ。

「まずい。恐れていたことが現実になってしまった」

織田理事官はうめき声を上げた。

「わたしの対話が犯行時期を早めてしまったのかもしれません」

夏希は忸怩たる思いで言った。

「いや、そんなことを考える必要はありません。恐らくはジュードもいまの殺人者としての立場から早く逃げたいという気持ちを持っているのです。すべてを終わりにするという言葉に表れていますよ」

織田の言葉は間違っていない。ジュードが人生の清算を焦っているおそれは強い。

パトカーの無線機に、近隣の全パトカーに対して逗子披露山教会へ急行せよとの命令が入った。捜査本部の下命に違いない。

「緊急走行します」

ドライバーは赤色灯を廻しサイレンを鳴らした。

背後からもサイレンの音が聞こえてきた。

パトカーは四、五十台は停まれる駐車場の奥へと進んでいった。

「あれです！」

井伊巡査部長は駐車場の端を指さした。

二十段ほどの石段を隔てて、コンクリート打ちっぱなしの近代的な建築の教会が街灯に光っていた。

視線を左に移すと、上部に三つのカリオンを持つ十メートルくらいの四角い尖塔が天に向かって延びていた。塔の頂点には十字架が銀色に輝いている。

カリオンの下には小さなバルコニーがぐるっと取り巻いている。

バルコニーに二人の人影があった。

夏希の心臓は大きく収縮した。

「ジュードだ……」

織田理事官が低くうなった。

パトカーは教会の石段の登り口前で停まった。

(なんとしてもジュードに考え直させなきゃならない)

強い使命感を覚えて、夏希はドアを開けた。

左側に座っていたのが幸いだった。パトカーの右後部ドアは常時チャイルドセーフが掛けられており内側からは開けられない。犯人などの逃亡を防ぐためである。

「真田さん、応援を待ちましょう」

背中の織田の声を振り払って夏希は石段へと走った。

息せき切って数段飛ばしに登ってゆく。

夜の空気が頬に冷たい。

教会の庭へ飛び出ると、一目散に尖塔の基部へと走った。

アルミ製と思われる尖塔の入口の扉は、こじ開けられたような形跡が残っていた。

内部にはらせん階段があって上へと続いている。

夏希は勢い込んで階段を上っていった。

不思議と恐怖感はなかった。

バルコニーへの出口を開けると、潮風が吹き込んできた。

人影の見えた左方向へゆっくりと歩みを進める。

右手の闇がうっすらと青く染まり始めた。

最初の角を曲がると、二人のジャージ姿の男が立っていた。

濃紺ジャージの背の高い男が、水色ジャージを着た筋肉質の男の首もとにダイバーズナイフと見える刃物を突きつけていた。

自由を奪われている男は間違いなく結城秀樹だった。

「ジュードさんっ」

ジュードは夏希を真っ直ぐに見た。

まだ若い。二十代半ばくらいか。あごが尖った輪郭で、神経質そうだが、鼻筋は通って決して凶暴な顔つきではない。とても人を殺すような男には見えない。

頬が引きつり唇が小さく震えている。

両の瞳にはたとえようのない暗い悲しみが宿っていた。

結城は血の気を失って白目がピリピリと震えている。

夏希の登場にも大きく心を動かしているようすはなかった。

「何しに来た」

ジュードは甲高いかすれ声を出した。

「あなたの悲しみを分かち合うために来ました」

夏希の言葉にジュードは、何かで打たれたような表情を見せた。

「そうか……あなたが百合さんか……」

　ジュードはどこか悲しげな声を出した。

「わかって。あなたはもう悲しいことを繰り返しちゃいけない」

　声を振り絞って夏希は呼びかけた。

　どす黒い怒りの炎がジュードの瞳に燃え上がった。

「そうはいかないんだ。僕はこいつらのせいで生きる場所を失ったんだ」

　押し殺したような声に、結城の身体がこわばった。

　どうにかしてジュードの心を静めなければならない。

「ね、どうしてジュードって名乗ったの？」

「百合さんは『日陰者ジュード』っていうトマス・ハーディの小説を知っているか」

「いいえ」

「九〇年代に『日陰(ひかげ)のふたり』というタイトルで映画にもなった。いとこを愛してしまった男の話だ」

「もしかして、ユリミファさんはジュードさんのいとこだったの？」

「いとこでなく妹だったらよかったといつも思っていた」

　日本の法律ではいとこ同士は結婚できるのだが。

「彼女を愛していたのね」

「小さい頃からずっと一緒に生きてきた。あの子と二人でユリミファだったんだ」

「そうか……曲を作ったり、打ち込みをやってたりしたのかな」

「ああ。すべては二人でやってきたことだ」

「それならば、彼女の気持ちがわかるはず。ユリミファさんは絶対にこんなことは望んでいない」

「そんなことは君にはわからない」

ジュードは小さくかぶりを振った。

「わかるよ。だって、歌を通じて彼女はみんなに愛を与えていた。あんなにみんなを愛したユリミファさんがこんなことを望んでいるはずはないでしょ」

「だけど、あいつは死んでしまった。こいつらに殺されたんだ」

「わたしの友だちで、ユリミファさんのために泣いた女子高生がいるの」

「前に聞いた」

「彼女はセンター試験の日にね、不安から過換気症候群に襲われた。でも、ユリミファさんの歌に励まされて無事に試験を受けた。ユリミファさんはそんな風にたくさんの人に愛を与えていた」

「最後にいい話を聞かせてもらったよ」

ジュードは平板な声で続けた。

「いまからこの銀の十字架のもとですべてを終える」

ジュードの心は動かせなかった。夏希は自分の呼びかけが無力であることを悟った。

ジュードはダイバーズナイフのブレードで結城の首をヒタヒタと叩いた。

「や、やめてくれっ」

結城は醜く顔を歪めて叫んだ。

「天国のあいつに最後に見せたいんだ」

「ひっ！」

いまジュードが少しでも力を入れれば、結城はおしまいである。

「お願い。やめて」

夏希は右手の掌を前に突き出してゆっくりと足を踏み出した。

「動くなっ。こいつを殺すぞっ」

「いいえ、あなたは殺せない」

ジュードと夏希の距離は二メートルほどになった。

「馬鹿をいうな。もう二人も殺してるんだ」

「でも、わたしはユリミファの愛に共感している」

夏希はゆっくりと間合いを詰めていった。

「殺したくはなかったが、あんたから殺すぞっ」

ジュードの怒鳴り声が夏希の耳朶をビリビリと震わせた。

夏希は反射的に首をすくめた。

そのときである。

夏希の足元を黒い影が風のように駆け抜けていった。

アリシアだ。

「うおおんっ」

アリシアが助けに来てくれたのだ。

「なんだ。こいつはっ」

ジュードの右足首にアリシアは嚙みついた。

「よせっ。よさないかっ」

アリシアはうなりながら、がっちりと嚙んだあごを離そうとはしない。

ジュードは、結城から身を離すと、ナイフをアリシアに向けて構えた。

ブレードがギラリと反射した。

ナイフはアリシアの首もとに向けて振りおろされる。

「やめてーっ」

夏希は無我夢中でジュードに飛びかかっていった。

ジュードの腹に、夏希は両腕でしがみついた。

なにも考えられなかった。ただ、アリシアの生命を守りたかった。

「離せっ、離さないかっ」

泡を食ってジュードは夏希を振り離そうとした。

「うーっ」

アリシアはそのままジュードの足首に嚙みついている。

次の瞬間、ジュードは背後から羽交い締めにされた。

「なにをするんだっ」

ジュードは激しくもがいたが、羽交い締めにした者の腕を振りほどくことはできなかった。

「石田っ。手錠っ」

嗄れ気味の叫び声は加藤のものだった。

「立花宗太。監禁と脅迫の現行犯で逮捕する」

石田がジュードの右手に手錠を掛けた。

ジュードこと立花宗太はその場に膝を突いてうなだれた。

結城は放心したようにへたへたと座り込んでいた。

加藤の後ろに立った織田は大きく震える声で訊いた。

「怪我はありませんか。真田さん」

「大丈夫です」

アリシアはだっと勢いよく夏希の足元に寄ってきた。

「わうんっ」

飛びついてきたアリシアは両腕で夏希の胸にタッチした。

「アリシアよかったね」

夏希が屈み込むと、アリシアはいったん身を離してから夏希に飛びつき、ぺろっと顔をなめた。

アリシアのぬくもりが夏希は嬉しくてならなかった。

「真田、おまえ、無茶がすぎるぞ」

立花から腕を離した加藤が厳しい声を出した。

「うん……でも、アリシアが無事でよかった」

夏希の全身からくたくたと力が抜けた。

「百合さん……」

手錠を掛けられた立花がかすれた声で呼びかけてきた。

夏希は立花の瞳を見つめた。

切れ長の瞳から怒りは消え、深い悲しみが宿っていた。

「立花さんっておっしゃるのね」

立花はかるくあごを引くと、両目を見開いて夏希を見据えた。

「百合さんが現れたせいで僕の望みは果たせなかった」

声は大きく震えていたが、眉を寄せた立花の顔には悔しさだけを感じた。

二人の男を殺したことに、立花は決して罪の意識を感じていない。藤堂や生駒を憎む気持ちは理解できる。だが、夏希はそれを認めるわけにはいかなかった。

「間に合った……わたしも空の上のユリミファに報告できる」

「あなたは、そうして人を救ってきたんだね」

立花は静かな表情に戻って応えた。

「救うなんてつもりはないよ……黙ってみていられなかっただけ……」

「でも、それは百合さんの思いに過ぎない」

辛らつな言葉だった。

「そう……なのかもしれない……」

「でも、忘れないで。僕は悪いことをしたとは思ってない……」

立花の表情がわずかにゆるんだ。

「だけどね、僕のことを本気で心配してくれた百合さんには感謝している。あなたはナイフを少しも恐れずに歩み寄ってくれた……」

立花はかすかに笑ったようにも見えた。

「わたしには何もできなかった」

「さぁ、行くぞ」

加藤が立花の腕を軽く引っ張って促した。

立花は力なく肩を落とした。

私服と制服が入り交じったたくさんの警察官に前後を挟まれて、立花の背中は階段へ向かう戸口へ消えていった。

（二人の生命が失われてしまった……）

むなしさが夏希の心を重くふさいでいた。

急にあたりが明るくなった。

「きれい……」

つらさを忘れようと、夏希は夜明けの景色に見入った。

逗子マリーナの向こうに青い海原がひろがっていた。

右手には稲村ヶ崎に続く稜線が望める。稜線の途中にはあの霊山山も見える。

なんと言っても薄青の空の真ん中にそびえる白雪を戴いた富士の秀麗が目に沁みた。

こんな景観を望める場所を血で汚さずに済んだことが夏希の救いだった。

尖塔から下りて駐車場に戻ると、制服警官に介添えされた結城が立って待っていた。

「真田さん……まさかあなたに助けて頂けるとは……本当に感謝します」

結城は熱い目で夏希を見た。

「最低男……」

夏希はそのまま立ち止まらずに通り過ぎていった。

それゆえ、結城がどんな顔をしていたのかは確かめていない。

鑑識バンの横に、アリシアのリードを手にした小川が立っていた。

「真田、アリシアを守ってくれたんだってな」

小川は声を震わせた。

「加藤さんに怒られちゃった」

「ありがとな。感謝するよ」

深々と小川は頭を下げた。

「アリシアが無事だから、わたし嬉しいよ」

夏希の膝のあたりにアリシアが鼻先をくっつけた。

「また今度、お礼させてくれ。ラーメンでもおごるよ」

小川はさらっと誘った。

「そんなのいいんだよ」

夏希はさらっと流した。

「ま、そういうなよ」

「わたし、眠い」

「ああ、お疲れさん」

あっさりと小川はあきらめた。

「くうううん」

アリシアは人なつっこい鳴き声を上げると、ぴとんとお尻を夏希の膝小僧につけた。

「またね、アリシアもバイバイ」

手をさっと振って夏希は小川から離れた。

アリシアは尻尾を振って送ってくれた。

　パトカーで本牧署に戻る途中、疲れ切った夏希はほとんど寝ていた。

　講堂に顔を出すと、福島一課長、佐竹管理官、小早川管理官、制服警官らが拍手で迎えてくれた。

「お疲れ。よくやった。まぁ、座りなさい」

　福島一課長がねぎらいの言葉を掛けながら、椅子を指し示した。

　とりあえず、自分の席に座ると、制服警官が珈琲を持って来てくれた。

「ユリミファというシンガーについて詳細情報がわかったぞ」

　すぐに佐竹管理官が声を掛けてきた。

「お、教えて下さい」

　眠気が吹っ飛んだ。どんな少女だったのだろう。

「本名は榊原友理奈。決め手となったのは、横浜市立みなと赤十字病院の入院歴だ。一月十日の夜に入院して十二日に死亡している。亡くなった時点で十九歳だ。それで身元が割れた……住所は横浜市港南区港南七丁目十四番七号高木テラス二〇一号室。宮城県内の高校を卒業後、立花宗太を頼って上京し、飲食店などのアルバイトを続けながら、インターネットでの演奏活動を続けていたようだ。再生回数が非常に多いので、アフィリエイト収入も相当あったようだ。昨年春頃からは体調を崩していて、あまり働いていない。心療内科への通院歴もある」

ユリミファは半年くらい前から行方不明だったと、菜月が言っていた。荒らしの三人に追い詰められた時期なのだろう。

夏希の心は激しく痛んだ。

「アルバイト先の飲食店のもとの同僚に話を聞いたが、店ではおもにバックヤードの仕事をしていたようだ。従業員の話では真面目でおとなしく働き者だったとのことで、上司や仲間内の評判はよかったらしい。YouTube のメイクが濃いこともあって、大人気のユリミファが榊原だと気づいた者はいなかったとのことだ。引き続き、さらに詳しい情報も入ってくるかもしれない」

「ありがとうございます」

宮城県から上京してきた友理奈は、真面目に働いてメジャーデビューを目指していたのかもしれない。若い友理奈の夢を奪い、無限大の未来を奪った三人のことはどうしても許せなかった。

自分たちのストレスのはけ口のために、一人の少女を追い詰めた卑劣さを思うと、怒りがこころの中で青い炎のように燃えるのを夏希は感じていた。

だからといって、立花の行為が許されるわけではないのだが。

「立花を確保したからには、もう彼女についての捜査は必要がなくなるだろうが……」

「でも、立花の罪を明らかにする上で必要な捜査はしてください」

「情状か……」

佐竹管理官は言葉を呑み込んだ。警察はすべての証拠を収集して検察官に送致する仕事をしている。弁護士とは違って被疑者に寄り添うわけではない。

「お願いします」

夏希は頭を下げた。

「真田、もう帰っていいぞ。明日の朝は科捜研に戻ってかまわない。書類作成の上で必要なことはこちらから電話で訊く」

福島一課長はやわらかい声で言ってくれた。

「真田さん、僕のクルマでお送りしたいのですが」

「あ、助かります」

電車で帰るのはあまりにもおっくうだった。夏希は織田理事官の好意に甘えることにした。

駐車場には見覚えのある空色のプジョー・クーペが停まっていた。

助手席の白いレザーシートはゆったりとしていて身体を預けるとふたたび眠気が襲

ってきた。織田の運転はいつもながらにジェントルだった。

ゆったり流れるやさしいボサノヴァに身を包んだ夏希は、久しぶりのやすらかな気持ちに浸っていた。

織田の運転するクーペは夏希のマンションの前で停まった。

「今回の事案では、僕はすべて間違っていました。お恥ずかしいです」

しずかな声で織田は言った。

「そんなことおっしゃらないでください」

「真田さんからは何もかも学ぶことだらけです。どうして僕は真田さんのような考え方に立てないのかと悩んでしまいました」

「織田さんらしくないです。そんなお言葉は」

わずかの間、黙っていた織田が口を開いた。

「今度の土曜日、ドライブに行きませんか」

織田の口調にはためらいがあった。

夏希は驚いて織田の横顔を見た。

「反省会はみんなでやりましょう」

「だめですか……」

織田の左頬に一抹の淋しさが漂った。

「いえ……だめというわけじゃなくって」

「真田さんとゆっくりお話がしたいのです。仕事抜きで」

「は……」

予想外の言葉に返事ができなかった。

「土曜日はお忙しいですか」

「いえ。そんなことは……」

「では、九時にお迎えに上がってもよろしいでしょうか」

「あ、はい」

反射的に答えてしまった。

「ほんとですか。嬉しいな」

いまの織田の笑顔は魅力があった。

「送っていただいてありがとうございました」

照れくさくなって頭を下げると、夏希はドアを開けた。

「では土曜日に！」

ドアを閉め、運転席から軽く手を振ると、織田はクルマを発進させた。

朝の陽光が降り注ぐなか、軽快なエキゾーストノートとともにクーペのセクシーな曲線が消えていった。

「どういうつもりなのかな……」

マンションの前で夏希はしばし呆然(ぼうぜん)と立っていた。

近くの森からたくさんの小鳥のさえずりが響き続けていた。

頬を撫でる風は、キャラメルにも似た香ばしい落葉の匂いを乗せている。

背後のコナラ林に積もった枯れ葉の匂いなのだろう。

空を見上げると雲ひとつなく、青く冷たく澄んでいる。

今日もいい天気の一日になりそうだった。

脳科学捜査官　真田夏希

イミテーション・ホワイト

鳴神響一

平成30年 12月25日　初版発行

発行者●郡司 聡

発行●株式会社KADOKAWA
〒102-8177　東京都千代田区富士見2-13-3
電話　0570-002-301（ナビダイヤル）

角川文庫 21358

印刷所●株式会社暁印刷
製本所●株式会社ビルディング・ブックセンター

表紙画●和田三造

ISBN 978-4-04-107780-1　C0193

◇◇◇

角川文庫発刊に際して

角川源義

第二次世界大戦の敗北は、軍事力の敗北であった以上に、私たちの若い文化力の敗退であった。私たちの文化が戦争に対して如何に無力であり、単なるあだ花に過ぎなかったかを、私たちは身を以て体験し痛感した。西洋近代文化の摂取にとって、明治以後八十年の歳月は決して短かすぎたとは言えない。にもかかわらず、近代文化の伝統を確立し、自由な批判と柔軟な良識に富む文化層として自らを形成することに私たちは失敗して来た。そしてこれは、各層への文化の普及滲透を任務とする出版人の責任でもあった。

一九四五年以来、私たちは再び振出しに戻り、第一歩から踏み出すことを余儀なくされた。これは大きな不幸ではあるが、反面、これまでの混沌・未熟・歪曲の中にあった我が国の文化に秩序と確たる基礎を齎らすためには絶好の機会でもある。角川書店は、このような祖国の文化的危機にあたり、微力をも顧みず再建の礎石たるべき抱負と決意とをもって出発したが、ここに創立以来の念願を果すべく角川文庫を発刊する。これまで刊行されたあらゆる全集叢書文庫類の長所と短所とを検討し、古今東西の不朽の典籍を、良心的編集のもとに、廉価に、そして書架にふさわしい美本として、多くのひとびとに提供しようとする。しかし私たちは徒らに百科全書的な知識のジレッタントを作ることを目的とせず、あくまで祖国の文化に秩序と再建への道を示し、この文庫を角川書店の栄ある事業として、今後永久に継続発展せしめ、学芸と教養との殿堂として大成せんことを期したい。多くの読書子の愛情ある忠言と支持とによって、この希望と抱負とを完遂せしめられんことを願う。

一九四九年五月三日